「君を愛することはない」と旦那さまに言われましたが、没落聖女なので当然ですよね

Rei Shimoduki
霜月　零

Illustration:Yugiri Aika
秋鹿ユギリ

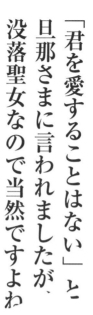

CONTENTS

「君を愛することはない」と
旦那さまに言われましたが、
没落聖女なので当然ですよね。

◇プロローグ◇

「アリエラ・アールストン。いや、今日からはアリエラ・ファミルトンか。結婚してしまったのだからな。けれど私が君を愛することはない。わかっていることだとは思うが……。君も、決して私を愛さないでくれ」

顔につけた銀の仮面を長い指先ですっと押さえ、本日わたしの旦那様となったリヒト様は冷たく言い放った。

結婚式の最中ですら銀の仮面をつけたままだったリヒト様は、屋敷についてからも仮面を外すおつもりはないようだ。

わたしが何か言うよりも早く背を向け、足早に立ち去ってしまうのは、この結婚が不本意だからだろう。

顔合わせをした時からずっとそうだったが、リヒト様はわたしといたがらない。

結婚式の最中は辛うじて隣にいてくれてはいたものの、新郎新婦の距離感としてあれは果たして適切だったのだろうか。

参列したのはわたしのアールストン伯爵家の家族と、そしてリヒト様のご両親であらせられる王妃と国王のみだった。

本当にひっそりと、隠れるように式を挙げた。

リヒト様の感情が伝わってくるようだ。

「奥様、どうかお気を悪くされませぬよう」

ファミルトン家の執事であるセバスチャンが、平身低頭して詫《わ》びを口にする。

けれどわたしなんかに気を遣わないでほしい。

リヒト様がわたしを受け入れられないのは当然のことなのだ。

わたしは、没落聖女なのだから。

本来、このランドネル王国の第三王子である旦那様とわたしでは、身分が違い過ぎるのだ。

辛うじてアールストン伯爵令嬢ではあるけれど、特別な能力は何もない。

容姿も、長く伸ばしたアッシュグレイの癖っ毛はありきたりだし、榛《はしばみ》色の瞳は醜くはないものの、さして美しくもない。

先祖は聖女を数多く輩出したアールストン家だが、年々聖女が生まれる数は減少。

それに伴い、栄華を極めていたアールストン家は没落していった。

聖女とは、強い癒《い》やしの力と聖なる力を持っている存在に国が与える称号だ。

アールストン伯爵家が初めて聖女の称号を得た初代の頃は、一族だけで二桁にのぼる聖女を輩出したらしいのだが、ここ数代前から一代で一人の聖女が誕生すればよい方。

ついにわたしの代では聖女が生まれなかったのだ。

女性に聖女の資質が現れるのに、わたしの代では生まれたのは男子ばかり。

本家であるわたしの家では、兄が五人もいて、弟もいるのに姉妹はなし。

分家に至っては、男児しかいない。

五人の男児が続き、待望の女児であったわたしがやっと誕生した。

けれどそのわたしは、辛うじて初級程度の治癒《ちゆ》魔法を使えるだけ。

聖女の称号には程遠く、治せるのは骨折ぐらい。

両親と周囲の絶望はどれほどのものだっただろう。

男性である兄達ですら、中級の治癒魔法やものによってはそれぞれ上級治癒魔法も扱えるのだ。

ありとあらゆる病気を治し、解毒までできた歴代の聖女たるご先祖様に比べると、わたしの治癒能力は何ともお粗末だった。

そんなわたしを、家族は愛してくれたけれど、世間はそうはいかなかった。

聖女の血筋に生まれながら、高い治癒能力を保持しなかったわたしについたあだ名は、『没落聖女』。

聖女ではないのに聖女とつけられてしまうあたり、皮肉だと思う。

けれど秀でた容姿も能力も持たないわたしが、王子の嫁に選ばれてしまった。

それは、すべて呪いのせいだ。

第三王子リヒト・ファミルトン。

――彼は、呪われた王子なのだから。

◇一章・突然の婚約◇

この奇妙な結婚の始まりは、一か月ほど前のことだった。

その日もわたしは、治癒師として通いで働いている治療院にいた。

アールストン伯爵家の財政は火の車で、着飾って無意味なお茶会に出るよりも、お金を少しでも稼ぐ方が大切だった。

「アリエラおねーちゃん、急患だよ～！」

見習い治癒術師のピファが叫ぶので、わたしは包帯を抱えたまま急いで治療室に走る。

伯爵令嬢ともあろうものが廊下を走るなどはしたないが、この治療院でそれを咎めるものはいない。

もっとも出合い頭にぶつかれば危ないから、褒《ほ》められた行動ではないけれど。

駆けつけた治療室では、ベッドの上で小さな女の子が苦しげに身体を丸めていた。

そばでは恐らく母親だろう女性が必死で女の子の背をさすっている。

「どうか、どうかこの子を助けてください！」

治療院の院長先生にすがり、涙を流す姿に胸が痛む。

(わたしを呼ぶほどだから、治癒魔法が必要な状態なのよね？)

治癒魔法の使い手としては力の弱いわたしだが、そもそも治癒魔法の使い手は少ない。

だから、初級の治癒魔法程度しか使えないわたしでも、治療院では役に立てるのだ。

「アリエラ、早速だけれど、この子の状態を見てもらえるかい？　外傷はないのだけれど、苦しみ方が尋常ではないからね」

院長先生がベッドの脇からどき、わたしを促す。

汗をじっとりとかいて苦しむ女の子には、これといった外傷はない。

少し痩せている気もするが、それだけだ。

虐待を受けている様子もない。

そっと女の子の手を握り、片手で身体を優しくさする。手の平から治癒魔法を施しながら、痛みが遠のくように祈る。

原因がわからずとも、それが治癒魔法が効く類のものなら治せるのは、治癒魔法ならではの強みだろう。

（なんだろう……この子の魔力が抵抗している？　というより、何か別の魔力がある……？）

平民でも魔力を持つ者は存在する。

けれどその場合はこんなふうに反発するようなことはない。身体の中に自分のものではない魔力がかすかに残っているせいで、この子はいま苦しんでいる。

そう、指に刺さった棘《とげ》が抜けずにそのまま残ると、取り除くまでいつまでも痛むように。

なぜこの子の中に二つの魔力を感じるのかはわからないが、とりあえずこの魔力の欠片《かけら》を外に出そう。

治癒魔法の力で、わたしは女の子の身体からそっと魔力を押し出す。

押し出された魔力は優しい橙色《だいだいいろ》をしていて、心配そうにしている母親の中に入っていく。

「う……ママ……？」

棘のような魔力が抜けた途端、女の子の痛みが消えたのだろう。

自力でベッドから身体を起こし、母親を見つめる。

「あぁっ、ユーノちゃん、どこも痛くない!?」

「うん、もう、いたくないの……ママ？」

「よかった、本当によかった……っ」

泣きながら娘を抱きしめる姿にほっとする。魔力を押し出すという治療は初めてやってみたが、上手くいってよかった。

「やはり内臓が弱っていたのかね？」

「……まぁ、そんな感じに思えましたね」

女の子の身体から抜け出た魔力は、周りの人には見えなかったようだ。

余分な魔力の欠片のせいで身体に負担がかかっていたのだから、嘘は言っていない。

院長と二人だけなら魔力の欠片について言ってもよかったのだけれど、まだ患者がここにいる。

魔力という患者達には見えないものが身体に入り込んでいたと知ったら、無駄に怯《おび》えさせることになるだろう。

(あぁ、でも、母親も少し診ておいた方がいいのかな)

そっと手の平に治癒魔法を溜めて、母親に向けて使ってみる。

ユーノちゃんから抜け出た魔力の欠片は、何事もなく母親の身体に馴染んでいるようだ。

もともと母親が持っている魔力なのかもしれない。

なぜそれがユーノちゃんの身体に入り込んでしまったのかは不明だけれど、わたしにはそれを調べる余裕はなかった。

なぜなら、治療が終わった途端に今度はアールストン伯爵家から緊急の呼び出しがかかったからだ。

◇◇◇◇◇◇

「はい？　王子と婚約、ですか？」

治療院から緊急で呼び出されてアールストン伯爵家に戻ると、リビングには両親とお兄様達、それに長男ベネディットお兄様の妻であるルーナお義姉《ねえ》様が揃っていた。みんな青ざめた表情で座っていて、ルーナお義姉様など今にも倒れそうだ。もっとも身体の弱いお義姉様はいつでもそうと言えばそうなのだけれど。

「先ほどランドネル王家から直々に、我が家に手紙が届いてね……」

お父様が震える手でテーブルの上に置かれた手紙を手に取り、わたしに渡す。

裏を見ると、確かに王家の紋章が金色の封蠟《ふうろう》で押されている。

中を見るように促されたので読んでみれば、内容はわたしと第三王子リヒト・ランドネル様の婚姻についてだ。

けれどお父様は肝心なことを見落としている。

「お父様。これは婚約の通知ではなく打診ですよ」

「わかっている、わかっているが……」

「まずは顔合わせの日時を指定されているようですね。……あら？　これは明後日《あさって》の日付ですか」

当日の呼び出しでないだけましなのであろうが、随分急である。

「そうよ、こんな急な呼び出しは前代未聞でしょう？　アリエラちゃん、まさかとは思うけれど、リヒト様と面識はあって？」

「お母様もご存じの通り、わたしはパーティーはもちろん、お茶会にも出ていませんよ。王城に出向く用事もありませんから、殿下と出会うはずがないですね」

我が家の財政は逼迫《ひっぱく》しているのだ。

そうほいほいとパーティーに行けるはずがない。毎回同じドレスを着ていくわけにもいかないし、新しく仕立てるお金もないのだ。

お母様のドレスを手直しするのだってお金はかかる。

それに、貴族女性がパーティーに出る目的は主に有望な貴族男性と出会うためだ。

没落聖女たるわたしにはそんな相手は望めない。

パーティー会場の隅で壁の花となって過ごすためだけにお金と時間をかけるぐらいなら、治療院で働いて少しでも家計の足しにしたい。

必要最低限のどうしても出なければならないパーティーも当然あるが、ここ最近はなかった。

それに……。

「リヒト様は、第三王子のリヒト様ですよね？　それなら、パーティーに出ることはまずあり得ませんし、王城でも出会うことはないのではないかと」

リヒト様はめったに姿を現さない方なのだ。

パーティーはもちろんのこと、公務もすべて自室でこなし、人前に姿を現すことがない。

王城に勤めるお兄様達もお会いしたことはないのではないだろうか？

わたしの目線で察したお兄様達がそれぞれ頷く。

「そうだね。私が王国治癒術師になってから四年は経っているけれども、お目にかかったことは一度もないね」

「ベネディット兄さんと同じく俺もない」

「兄さん達とはよく会うんだけれどね」

ベネディットお兄様とセリオットお兄様は王国治癒術師だ。

聖なる力こそないものの、二人は中級治癒魔法を扱える。

上位の治癒魔法も一部使えるものがあるから、就職できたのだ。

デルーザお兄様も治癒魔法を扱えるのだけれど、それよりも計算が得意だったから文官として王宮に勤めている。

毎日王城に出仕してる三人でさえお会いできない方なのだ。

リヒト様とわたしがどこかで出会っている可能性は低い。

つまり、見初められた、などという奇跡もない。

(まぁ、出会っていてもそういった可能性はあり得ないのですけれど)

自分の容姿がごく平凡なことぐらいわかっている。

そうなると、なぜ決定事項ではないとはいえ婚約の打診がくるのか。

「……お断り、できないのかしら」

いまにも消え入りそうなか細い声で、ルーナお義姉様が呟く。

「いや、それは……」

「だって、お相手はあの第三王子様なのでしょう？　それはつまり……呪われている方ではないですか。そんな恐ろしい方にアリエラが嫁がされるかもしれないだなんて……っ」

「口を慎め、不敬だぞっ」

「いいえ、黙りませんわっ。貴方《あなた》だってわかっているはずでしょう？　リヒト王子が呪われていることはランドネル王国の国民すべてが知っている事実ですわ。なのにっ、どうして何も悪いことなどしていないアリエラに婚約の話が来てしまうのですか……っ」

動揺しすぎてしまったのだろう。

顔色がぐっと悪くなったお義姉さまを、ベネディットお兄様は即座に抱きしめて治癒魔法を施す。

ルーナお義姉様は生まれつき身体が弱かった。

ずっと高価な薬を飲み続けているが改善はされず、現状維持だ。ただの病気ならお兄様達の治癒魔法で治すこともできたのだろうけれど、生まれつきの体質に治癒魔法は効きづらい。

効果がないわけでは決してなく、けれど完治させることはできない、何とももどかしい状況だ。

「すまない、ルーナの具合がよくない。少し退席させてもらう」

「ごめんなさい、いつも、迷惑をかけてしまって……」

「あぁ、ルーナ。気にしなくていい。ベネディット、早く部屋に連れていってゆっくり休ませてあげなさい」

お父様に促《うなが》され、ベネディットお兄様はお義姉様を抱きかかえてリビングを出ていく。

普段から穏やかで物静かなルーナお義姉様でさえも困惑するほどに、この婚約の打診は不可思議だ。

王家からの婚約の打診だけでもアールストン伯爵家には荷が重いというのに、お相手はあの第三王子リヒト様なのだ。


十年前。

リヒト王子は何者かに呪いをかけられてしまった。

王家は総力を挙げて解呪しようとしたものの、いまだにその呪いは解けていない。

解呪できずとも、呪いを術者に返してしまうという方法もあるはずなのだが、けれどなぜかそれもできていない。

そのため、本来は誰もが振り返る美貌の顔は呪いで醜く焼けただれ、黄金を集めたように輝く金色の髪は、この国では嫌われることの多い黒に変色してしまったらしい。

……らしい、というのは、わたしがまだリヒト様のお姿を直接見たことがないからだ。

十年もの間呪いは解けることなく、二十七歳になった今でも独身。婚約者もいない。

リヒト様は呪われ王子と呼ばれているものの、同時にとても優秀な王子としても知られている。

出来る限り人に会わないように過ごしながらも、多くの公務をこなしていらっしゃるとか。

そして優れた魔導師でもある王子の発案で作られた照明魔導具はこれまで出回っていたものよりも安価で、使う魔導石も小さく済んで平民でも扱えるようになった。

我がアールストン伯爵家でも愛用させていただいている。

その他にも数多くの魔導具を発明改良していらっしゃるリヒト様は、国家予算並みの私財を築いているのだとか。

呪われてさえいなければ、王子は引く手数多だったろう。

十年ほど前には、隣国シロコトン王国の王女様との縁談も持ち上がっていたらしい。

呪われているとはいえ、そんな素晴らしい王子との婚約の打診がアールストン伯爵家に来てしまったのだ。

正直、何かの間違いなのではと思う。

「お父様、王城に出向く準備を急ぎましょう」

「アリエラちゃん!?　まさかお受けするつもりなの？」

「お母様、お受けするつもりも何も、こちらに拒否権などないのでは？」

「それは……」

お母様が言いづらそうに目をそらす。

あるわけがないのだ。

打診という形をとっているとはいえ、こちらはただの伯爵家。

王家の意向に背くなどありえない。

「それに、今回は会うだけですよね？　登城を言い渡されただけですし、リヒト王子からお断りしてくださる確率の方が高いのではないかと」

今までにも何度かお見合いをされてはいるはずだ。

貴族達にとって王家と縁続きになれるのは魅力的だ。

たとえ呪われていようとも関係なく娘を嫁がせようと意気込む高位貴族だっていたはず。

けれどリヒト王子がいまだに婚約者すら持たずに独身である事実を考えると、王子が断っているのではないだろうか。

「ううむ……」

「お父様、悩んでいても始まりません。まずは明後日、城に出向きましょう」

眉間にしわを寄せたお父様の手を握り、治癒魔法で包み込む。

こうすると、病気でなくとも身心が安らぐのだ。

そう、悩んで緊張していても仕方がない。

行くしかないのだ。

◇◇◇◇◇◇

二日後。

わたしはお父様と共に王城を訪れていた。

磨き抜かれた大理石の床を一歩進むごとに身が竦《すく》む。

ふと、壁に飾られた絵画が目についた。

(王家の肖像画かしらね?)

絵画には、いまよりもずっと若い国王と王妃、そして子供達が描かれている。

一番小柄な金髪の青年がもしかしたらリヒト王子だろうか。サラサラの金髪に青い瞳の美貌の青年が描かれている。

十年前のわたしはまだ七歳で、デビュタントも済ませていない。

だから、呪われる前のリヒト王子の姿も見たことがないのだ。

この絵画を見る限りでは噂は真実で、とても美しい男性だったのだと思う。

「アリエラ？」

立ち止まったわたしにお父様が首を傾げる。

「いえ、何でもないのです。行きましょう」

謁見《えっけん》の間には既に国王と王妃、それにリヒト様と思われる男性がいた。

長い漆黒の髪を一つに束ね、銀の仮面をつけている。

（本当に銀の仮面をつけていらっしゃるのね）

噂《うわさ》では聞いていたが、呪われたお顔はあまりの醜さに見た人が叫んでしまうほどに悍《おぞ》ましいらしく、どんな時でも決して銀の仮面は外さないのだとか。

仮面越しでは、本当にお顔が醜いかどうかなどはわからない。

唯一覗《のぞ》く口元から顎にかけてのラインはすっと整っていて、令嬢にも引けを取らない白く滑らかな肌をしているのがわかる。

仮面の奥の青い瞳は肖像画と同じようだ。

カーテシーをするわたしをどこか悲しげに見つめているように感じるのは、気のせいだろうか。

「アールストン伯爵、それにアリエラ嬢。よく来てくれたね」

国王は人好きのする笑みを浮かべ、わたし達を労う。

隣の王妃は、どことなく期待の籠《こ》もった瞳でわたしを見つめている。

特に期待されるようなことは何もないはずなのだけれど。

「さて、本日来てもらったのは、他でもない。我が息子リヒトとアリエラ嬢の婚約についてなのだが」

「父上、私は何度も言っているように婚姻を結ぶつもりはありません」

国王が話し終わる前にリヒト王子が遮《さえぎ》った。

やはり思った通り、リヒト王子は結婚するつもりがないらしい。

ほっとする。

「これ、人の話を遮るでない。お前の気持ちはよくわかっている。だが、彼女は今までの令嬢達とは違う。お前の呪いを解けるかもしれない唯一の希望なのだ」

国王の言葉にわたしとお父様は顔を見合わせる。

呪いを解ける唯一の希望？

（まさか国王は、聖女としての能力を期待していらっしゃる？）

アールストン伯爵家は、確かに以前は聖女を多く輩出していた。

けれど唯一の女性であるわたしは聖なる力はおろか、治癒魔法すら初級程度しか扱えない没落聖女だ。

呪いを解くなどありえない。

「恐れながら陛下に申し上げます。我がアールストン伯爵家は確かに代々聖女を輩出してきた家系です。ですがご存じの通り、当代では聖女たる資質を持つものは一族に現れておりません。もちろん、唯一の女性であるアリエラもです。癒やすことはできても呪いを解くことは不可能です」

お父様が青ざめた顔で事実を口にする。

聖女の称号は国から与えられるのだ。

国王である陛下がアールストン伯爵家に聖女がいない事実を知らないとは思えない。

なのになぜこんな無謀な婚約を口にされたのだろうか。

「あぁ、あぁ、すまないな、アールストン伯爵。聖女としての聖なる力を持っていないことはわかっている。だが、聖女の血を受け継いでいることは確かだ。そうであろう？　それにアリエラ嬢は噂通りの美しいアッシュグレイの髪に、榛色の瞳を持っている。同じ色彩を持つご令嬢はこの国にはいないだろう」

確かにこんな平凡な髪色と瞳の令嬢は少ないだろう。

お母様の髪の色とお父様の瞳の色だけれど、どちらかならともかく、両方備え持つわたしはとても地味だと思う。

「リヒトは、長年呪いに苦しめられているわ。ありとあらゆる解呪を試してはみたのだけれど、そのどれもが無駄だった。わたくし達はもう、奇跡にすがるしかないの。アリエラさん、解けないことはわかっているわ。けれど一度でいい。リヒトの呪いが解けるよう、いまここで祈ってみてはもらえないかしら」

王妃がわたしを真っ直ぐに見つめて言い切る。

解けないことはわかっていると言いながら、解呪を願う。

この部屋に入った時から期待の籠もった眼差しを向けられていたのはそのためか。

(無茶苦茶だわ。わたしに聖なる力などないのに)

ランドネル王国の王国魔導師達ですら解けない呪いなのだ。

聖女の力を持たない没落聖女のわたしに解けなどと、無理難題が過ぎる。

「むろん、解けなかったからと言ってそなたらを罰したりはしないことを誓おう」

陛下が促す。

これはもう、祈ってみるしかない流れだ。

わたしは意を決してリヒト様に近づく。

リヒト王子は無言でわたしを見つめたまま微動だにしない。

「お手をお借りしてもよろしいでしょうか」

手を差し出すと、ぎょっとしたように目を見開く。

「君は私の手に触れるというのか？」

陛下と王妃も驚いているようだ。

何をそんなに驚くことがあるのだろう。

「不敬でしたでしょうか？　治療院では患者の手を握らせていただくことが多かったので、同じようにしようとしてしまいました。申し訳ありません」

わたしは差し出した手を引き、頭を下げる。

「いや、あまりにも自然だったから驚いただけだ。不敬などではないよ。触れることができるなら、触れて構わない」

リヒト様が戸惑い気味に手を差し出す。

わたしはそれならと、その手を両手で包み込む。

解呪を試したことなどない。けれど、精一杯祈ってみよう。

（どうか、リヒト様の呪いが解けますように）

目をつぶり、必死に神に祈りを捧げてみる。

治癒魔法を使った時と違い、わたしの指先からあふれ出るものは何もない。聖なる力などやはり持ち合わせてはいないのだ。

それでも必死に祈りを捧げ続け、祈って祈って——そっと目を開けてみる。

そこには、呪われた証拠たる黒髪のままのリヒト様が佇んでいる。

陛下と王妃の落胆の溜め息が部屋に響いた。

シンと静まり返っている部屋の雰囲気は、そのまま皆の気持ちを代弁しているかのようだ。

「……申し訳ありません」

泣きたくなってくる。

できないことはわかっていたけれど、それでもほんの少しは期待していたのに。

「気にしないでほしい。無理を言ったのは父上だから。すまなかったね」

リヒト王子が詫びると、王妃の瞳から涙が零れた。

いたたまれない。

「ふむ、やはり呪いは解けぬようだのう。だが、ふむ……」

陛下は何か考えるように目を細める。

「無謀なことはやめましょう、父上。これ以上アリエラ嬢に無理を強いることはやめていただきたい」

リヒト王子が語気を強めて言い切る。

きっとこの婚約話はなくなるだろう。

リヒト王子が望んでいないのだ。

わたしが呪いを解く力など持ち合わせていないとはっきりとわかった今、婚約する意味はない。

重苦しい空気の中、わたしとお父様は王宮を辞した。

――この数日後。

再び王家から手紙をもらうことになるなどと、この時のわたしは思ってもみなかった。

ましてや、リヒト王子と結婚することになるなんて。

◇◇◇◇◇

「奥様、ご気分が優れませんか？」

執事のセバスチャンに声をかけられてはっとする。

いけない、少しぼうっとしていたようだ。

セバスチャンに案内された部屋は客室にはとても見えなくて、わたしは思わず部屋とセバスチャンを交互に見てしまう。

「あの、わたしがこの部屋に？」

どう見ても正妻の部屋だ。

婚約から結婚まで一か月という短さで用意できうる最高の部屋ではないだろうか。

分不相応すぎて戸惑ってしまう。

「本当に申し訳ございません。何分急ぎのことでしたから、十分な準備をもってお出迎えすることができなかった不手際をお詫び申し上げます。奥様の趣味にあわせ、改装する許可は既《すで》に得ていますから、明日にでも商人を呼び、奥様好みの内装に変えさせていただきます」

深々と頭を下げるセバスチャンは、わたしの戸惑いを部屋に対する不満と捉えたようだ。

とんでもない。

客室に住まわせてもらえたら十分だと思っていたから、こんな素晴らしい部屋に案内されるとは考えてもみなかった。

レースのカーテン一枚で、庶民なら数年は遊んで暮らせる金額がするのではないだろうか。

おそらく王宮で使われているものと同じものだ。つまり最高級品。

部屋の内装の総額を考えると眩暈《めまい》がしそう。

「あまりにも素晴らしいお部屋だったので、何かの間違いではと思ってしまっただけなのです。どうかお気になさらずに。素敵なお部屋をありがとうございます」

わたしがそう言えば、セバスチャンはほっとした顔で一礼をして去っていく。

恐る恐る部屋のソファーに腰かけると、ふんわりと柔《やわ》らかくてそのまま寝落ちてしまいそう。

間違ってもテーブルに飾られた花瓶には触れないでおく。陶器の花瓶は割ってしまったらきっとわたしでは一生かかっても返せない金額だろうから。

（……どうして、破談にならなかったのかしらね？）

結婚したばかりだというのに、わたしはそんなことを思ってしまう。

わたしは呪いを解くことができないというのに、リヒト様との婚約はなぜかなくならなかった。

それどころか、我がアールストン家にとってこれ以上ないというほどの好条件が王家から提示されたのだ。

まずは持参金。

普通、婚姻を結ぶときは多額の持参金が必要となる。王家に嫁ぐとなれば、考えるのも恐ろしいほどの金額だ。

困窮しているアールストン家に払えるような額ではない。

けれど王家はこれを免除。一切の持参金を出さなくていいどころか、結婚にかかる費用すべてを受け持ってくれた。

これだけでも特例中の特例である。

リヒト様は結婚と共に公爵位を賜ってリヒト・ファミルトン公爵となった。

ファミルトン領は王都に隣接しており、交通の便もいい。

ダイヤモンド鉱山があり、資金も潤沢だ。

そして我がアールストン伯爵家には、王命で強制的に結婚させるのだからと多額の援助をしてもらえたのだ。

困窮していた伯爵家はこの援助金のおかげで持ち直した。

だというのにアールストン伯爵領から王都までの通行料を通常の半額にまで値下げしてくれた。

そしてそれでもまだ足りないと思われたのか、三人の弟達は王都の貴族院へ無償で入学できることになった。

聖女を諦めきれなかった両親は、わたしの後にも弟を三人も生んでいる。

けれど正直、王都の貴族院へ通えるほどの財産はなかったから、王家の援助は喉《のど》から手が出るほど欲しいものだった。

貴族院を出ているのといないのとでは、将来就ける職業に大きな差があるからだ。

そしてベネディットお兄様の妻であるルーナお義姉には、王宮の医師が治療に当たってくれることになった。かかる費用は当然の如く王家持ち。

もうリヒト様との婚約を断るという選択肢は存在しなかった。

たとえ、拒否権を付与されていても。

そう、王命であるにもかかわらず拒否してもよいとされていたのだ。

リヒト様の温情だと思った。

（……今日の対応を見ると、わたしと結婚をしたくなかっただけかもしれないけれど……）

わたしとリヒト様の間に愛情などというものは最初から存在しないし、望むべくもない。

改めて愛することはないと言い切られると多少は傷つくが、事情が事情なので仕方がないとしか言いようがないのだ。

そしてわたしからリヒト様への愛情もない。

当たり前だ。

会ったばかりの人へ愛を持てるほど、わたしは懐っこい性格はしていないのだ。

けれど思う。

愛することはなくても、友達ぐらいの距離にはなれたらいいと。

せっかく夫婦になったのだ。

愛し愛されるというほどではなく、呪いが解けなくとも、気楽に何でも話せる家族にはなりたい。

でも、今日はもう寝てしまってもよいだろう。

結婚式を挙げた今夜は初夜となるはずなのだけれど、リヒト様がこれから寝室に来るとは思えない。

わたしはさっさと着替えると、リヒト様を待つことなく眠りについた。

◇二章・結婚生活は呪いと共に◇

窓の外から聞こえる小鳥の声で目を覚ます。

昨日は本当にぐっすりとよく眠れた。

新婚初夜をすっぽかされた花嫁としてそれはどうなのかとも思うが、身体を包み込む柔らかなベッドと羽根のように軽いのに暖かい毛布に抗えなかった。

わたしはゆっくりとベッドの上で伸びをする。

ベッドの隣にはやはりというか、当然のことながらリヒト様のお姿はない。

シーツもわたしが寝ていた場所以外はピンと張っていて誰かがいた痕跡はない。

二人で寝ても十分な広さがあるベッドだが、きっと一生わたし一人が使うことになるのだろう。

わたしが起きた気配に気づいたのか、使用人が部屋の前で声をかけてくる。

(……男性が来るのは珍しいわね？)

部屋の外からかけられた声は男性のもので、わたしは首を傾げる。

そういえば、この屋敷を案内されたとき、女性を見かけなかったような気もする。

(リヒト様が女性を拒んでいらっしゃるからかしら？)

婚約の話を頂くよりも前にリヒト様の呪いの話は知っていたけれど、結婚が現実味を帯びてから、わたしもある程度の情報を意識して集めてみたのだ。

といっても治療院で働いていただけのわたしに集められる情報なんて、たかが知れていたけれど。

噂では、リヒト様の呪われて爛《ただ》れた顔を見て倒れるのは、主に女性が多かったらしい。男性はまだ耐えられるのか、特に騒ぎになったことはないそうだ。

だからリヒト様は女性とは接したがらないし、極力避けていらっしゃるとか。

（でも、まさかこの屋敷に一人も女性がいない、なんてことはないはずよね？）

身の回りのことは自分でできるので、専属の侍女が付いていなくともどうとでもなる。だから、いなかったらいなかったで問題ないけれど。

わたしが急ぎ身支度を整えて部屋から出ると、待っていた使用人が驚いた顔をしている。この人は昨日セバスチャンと一緒にいた人だ。

名前は確かファレド。

「まさかお一人で身支度を整えられたのですか？」

「えぇ、そうですけれど」

「っ、来るのが遅くなりまして、申し訳ありません！」

がばっとファレドが頭を下げる。その顔は真っ青で、土下座しそうな勢いだ。

そんなに気にしなくて大丈夫なのに。

治療院では急患が運び込まれることもしばしばで、人手が足りない時は泊まり込みで働いたりもしていたのだ。

身の回りのことを自分でするくらいどうということはない。

それよりも、ファレドの隣に佇んでいるメイドが気になる。

ファレドに手を引かれてここまでやってきたらしいメイドは、なぜか目元を布で覆って目隠しをしているのだ。

目を患っているのだろうか？

「ファレドさんがそんなに気に病むことはないですよ。私はいつも自分の身支度は自分でしているだけですから。それより、こちらのメイドはなぜ目隠しを？　目を患っていらっしゃるのなら、わたしの治癒魔法で多少の回復は見込めると思うのですが」

生まれつき全盲となると難しいかもしれないが、そうでないならお兄様達に頼めば治せる可能性はある。多少負傷しただけなら、わたしの粗末な治癒魔法でも力になれるはずだ。

「いえっ、滅相もございません！　この者はいたって健康でございます」

「それでは、なぜ目隠しを？」

怪我《けが》もしていないのに隠す理由がわからない。

「はい、あの、そのことをお伝えしようと参りました次第です……」

もにょもにょと言い辛そうにファレドの語尾がすぼまる。

なんだろう？

「実は、この屋敷には基本的に女性の使用人はいません。本日は別邸から彼女を連れてまいりました」

「そうなのね？　でも、目隠しはなぜ？」

やはりこの屋敷には女性の使用人はいないようだ。けれど別邸とはどういう事だろう。

「旦那様の指示で、この本邸に女性が入るには目隠しをしなければならないのです。女性の来客がある場合は別邸で対応する手はずとなっております」

随分《ずいぶん》と徹底している。

それほどまでに呪われた顔を女性に見られることは、お辛いのだろうか。

（……火傷《やけど》をしていた患者も、やはり顔を見られることに怯えていたわね）

治療院では、毎日様々な患者を診てきた。なかには、顔にひどい傷や火傷がある患者もいた。少しの傷でも見られるのを嫌がる人も多かったし、状態が酷ければなおのことだ。

顔という、人目に一番つきやすく隠し辛い場所は、心にも深い傷を残すのかもしれない。

「わたしは女性だけれど、目隠しはしなくてよいのよね？」

「それはもちろんでございます。ですが女性の使用人はこのように、目隠しをして通うことになります。しかし毎日それではアリエラ様がご不便でないか、女性の使用人も普通に勤めることができる別邸に移るのはどうか、とリヒト様からご提案がございまして……」

ファレドの言葉に、わたしは俯きたくなる。

「……それはつまり、わたしにこの屋敷から出ていけ、ということなのかしら」

この素晴らしい部屋は正直わたしには不釣り合いだと思う。

けれど本邸ではなく別邸に暮らせというのはどうだろう。

別邸とは、病気療養や引退した両親、それに、あまり口にしたくはないが妾が過ごすことが多い場所ではないだろうか。

仮にも本妻であるわたしが過ごす場所ではないはずだ。世間体的にもあまりよろしくない。

遠回しに出ていけと言われているように感じてしまう。

そしてそんな気持ちが顔に出てしまったのだろう。

ファレドは酷く慌てて頭を下げた。

「いいえ！　いいえ！　違うのです、そうではないのです。別邸といっても、すぐ隣です。領地や遠い場所ではありません。先ほども伝えましたが、通常の別邸とは意味合いが違っていまして、女性の来客がある場合は別邸で対応できるようにしてあるのです、本邸と同じぐらい、むしろ本邸よりも高貴な女性向けに建築されています。決してアリエラ様を邪険にしているわけではないのですっ」

「ではなぜ、別邸をリヒト様から勧められてしまうのかしら。わたしと顔を合わせないためなのでしょう？」

流石に結婚した次の日からそこまで拒絶されると傷つく。

（友達にすら、なれないのかしら）

愛することがないのはいい。お互い様だ。けれどこのままでは交流まで絶たれそうだ。

「あぁ、もう、説明が下手で申し訳ありません！　旦那様はアリエラ様のことを心底気遣っておいでなのです。だからこそ、アリエラ様とのご接触を最低限にし、こうして私に言伝を頼んだのです。どうか誤解なきようにお願いします！」

がばりっ、勢い良く頭を下げるファレドからは、微塵《みじん》も悪意を感じない。

執事のセバスチャンと同じく、わたしへの気遣いも感じられる。

それはつまり、リヒト様がこの屋敷の使用人達の前でわたしを軽んじる発言をしたことがないという証しでもあるだろう。

使用人は主人の心に沿うものだ。

リヒト様がわたしを嫌って疎《うと》んじているのなら、それ相応の冷遇が待っているはず。

けれど部屋はわたしが来た時には魔石を使った暖房器具ですでに暖かく整えられていて、ベッドも清潔で柔らかかった。

食事に虫なども当然入れられていなかったし、ベッドの脇の水差しにも新鮮な水が用意されていた。眠る時にもよい香りがしていたから、確認はしていないがおそらく枕の下にはサシェが置いてあるのだろう。

背後の部屋を振り返ると、昨日案内されたときは既に夜で気づかなかったが、南向きで日当たりもよい。陽の差し込む明るい室内は、こちらの気持ちまで明るくなるようだ。

一か月という短期間なのに最高級の調度品で整えられていることといい、邪険にされている感じは少しもない。

（……呪いのせい、かしらね？）

醜い顔を運悪く見て、わたしが倒れてしまわないように。

この女性の使用人が目隠しをしているのも、万が一にもリヒト様のお顔を見てしまわないようにだろうか。そこまで隠さなければならないほどに、呪いはリヒト様のお顔を変えてしまったのだろうか。

「気遣っていただいているということなら、わたしは大抵のことは一人でできるから問題ないと思うわ」

リヒト様がわたしを嫌って別邸に移そうとしているのでないのなら、できればこのまま本邸で過ごしたい。

そのほうがリヒト様にお会いできる機会も増えるだろうし、段々と、打ち解けていただけるかもしれないのだから。顔を合わせることもせず、話すこともできなかったら友人になど到底なれないのだし。

「で、ですが、夜会などに出られるときは、お一人で着られるドレスではない場合もあるのではないでしょうか……」

「それはそうね」

夜会のドレスはさすがに一人で着るのは難しいかもしれない。前開きのドレスであれば一人でも着ることはできそうだが、通常は背中が開いている。細いリボンや沢山の飾りボタンで留めていくし、困難だ。

「では、やはり別邸に移られますか？」

「いいえ。その場合は夜会の準備の時だけわたしが別邸に赴《おもむ》けばよいのでは？」

リヒト様は呪いを受けてからは表舞台には決して立たない方だから、夜会もまず出ることはないと思うけれど。リヒト様を差し置いて、わたしだけが夜会に出席することもないだろう。

「た、確かに……」

ファレドは頷くけれど、まだ迷っているようだ。

リヒト様にわたしを別邸に促すように言われているのだから、ここでわたしが動かないと、主人の命令に背くことになるのかもしれない。

命令、というほど強い言葉ではないのかもしれないけれど、ファレドを困らせるのは本意ではない。

「とりあえず、ファレドさんは彼女を別邸に戻していただけるかしら。わたしは、この通り自分で身支度を整え終わっているのだし。別邸の件は、リヒト様と直接お話してみるわ」

「直接……そうですか、わかりました。それでは、失礼いたします」

明らかにほっとした様子のファレドは、目隠しのメイドの手を引いて去っていく。

その姿を見送って、わたしは昨日教えていただいたリヒト様の部屋に向かう。

少し早い時間だけれど、起きていらっしゃるかしら。

そんなことを思っていたら、丁度リヒト様が部屋から出ていらした。

随分と朝が早い。これから仕事だろうか？

既にピシッとしたスーツ姿で、やはり銀の仮面はつけたままだ。

わたしに気づかずそのままどこかへ向かわれそうだったので、声をかけた。

「リヒト様、少しお話ししたいことがあるのですが」

瞬間、目に見えてびくりとリヒト様の肩が跳ねた。

そんな恐れられるようなことがあったかしら。

「あっ!?　アリエラ、何故君はまだここにいる？　ファレドの伝言は聞いていないのかい？」

リヒト様は焦った声で言った。

銀の仮面を片手でしっかりと押さえるところを見ると、本当にお顔を見られたくないのだなと思う。

「先ほどお伺いしましたわ。わたしに本邸から別邸に移るようにと。リヒト様のご希望だとか」

「あぁ、そうだとも。いつまでもここにいてはいけない。早く別邸に移るんだ。いいね？」

「いえ、わたしは別邸に移るつもりはありません」

「なぜだ？　……あぁ、離縁を心配しているのかい？　私と離縁したら王家から実家への支援が打ち切られてしまうだろうからね。けれどそのことなら心配しないでほしい。私は君を決して愛することはないが、離縁して君や君の家族を苦しめるつもりは毛頭ないんだ。生涯、君と君の家族への支援が打ち切られるようなことはないと誓おう」

誠意ある物言いのリヒト様に、やはりわたしが没落聖女だから離れたいわけではなさそうだと感じる。出会ってから今まで数回しか言葉を交わしていないが、リヒト様から見下されたり蔑まれたりしたことが一度もないのだ。

愛することはないと拒絶されてはいるけれども、友人にはなりたいと思うのもそのあたりのことがある。

貴族、特に高位になればなるほど、他者を見下す者は多い。

目の前に没落聖女というわかりやすく蔑める存在がいるのなら、自分が的にならないためにも高位貴族にならって見下してくる下位貴族もいる。

けれど王族だというのに、リヒト様にはそういった感情がなさそうだ。

そうすると拒絶の原因は呪いが思い浮かぶのだけれど……リヒト様のお顔はそれほどまでに醜いのだろうか？

「わたしと、わたしの家族を苦しめるおつもりがないのでしたら、なぜわたしを別邸に移そうとなさるのですか？　考えてもみてください。結婚してすぐに別邸に追い出されるなどと、これほどの醜聞はございません。皆こぞって噂するでしょう。没落伯爵家の娘はやはり気に入られることはなく、結婚早々、離縁間近に違いないと」

「確かにその可能性はあるが、私は君のことを調べてあるんだ。君にあるのは治癒能力であって、解呪はできないと。なぜか父上はそれでも強引に話を進めてしまったが、私はこれ以上君に不自由を強いるつもりはない」

「不自由しておりませんが？」

「え？」

間髪を容れずに返した言葉にリヒト様が青い瞳を見開く。

何もおかしなことは言っていないのだけれど。

「ですから、わたしは何も不自由していません。ここに来てまだ二日目ですが、お部屋は素敵だし、使用人の皆様もとても丁寧に接してくださっています。リヒト様がそうするように命じてくださったのでしょう？」

「それはもちろんだ。私のようなものの妻にさせられたのだ。そんな君を虐げるような人間はこの屋敷にはいないよ」

「でしたら何も問題ございません。わたしをこのまま本邸にいさせてください」

「いや、だがそれは……」

「自分のことは自分でできますから、女性の使用人を本邸に招き入れる必要はありません。どうしても女性の使用人の手が必要なときは、わたしが別邸に赴きます」

「しかし、それだと君が私の姿を見る機会が増してしまうのではないか」

「当然です。夫婦ですもの。むしろ、見ないほうがおかしいのではないですか？　まさか一生、わたしと食事を共にすることもなく、姿を見ることもなく、出かけることもなく、それでいて夫婦として過ごすとおっしゃるのですか」

「そ、それは……」

わたしに言われて初めて気づいたかのように、リヒト様は口に手を当ててわかりやすく絶句した。

ずっと姿を見ないでいるなどということは、夫婦として過ごすなら無理だろう。本邸の隣にある屋敷に移っても同じこと。

王都のこの屋敷を離れてファミルトン公爵領までわたしが移り住み、物理的に離れるならもしかしたら一生会わないことも可能かもしれない。心ない噂話も、ファミルトン領にまで届くことはまずないだろう。

けれど、それは言わないでおく。余計な一言で領地送りになってしまうのは避けたい。

「無理ですよね？　ですので、わたしはこちらにこのまま住まわせていただきます。それから、食事もできるだけ一緒に取っていただきたいです。もちろん、リヒト様は仮面をつけたままで過ごしていただいてかまいません。口元は仮面に覆われていませんから、問題ありませんよね？」

こちらに住まわせていただきたい、ではなくいただくと言い切る。

わたしの意志は固いと伝えるためだ。

別邸に移されてしまっては、友人となることすら難しいだろうから。

「……私は、できるだけ君とは接触したくないんだ」

苦しげに言われると、なんだかわたしがとても意地悪をしているような気持ちになってくる。

呪いはうつるようなものではないはずだ。

もしそういった類のものなら、リヒト様の性格的に使用人たちすべてを遠ざけているはずだから。

ならばおそばにいても問題ないはず。

「あら、リヒト様は先ほどおっしゃったではありませんか。『私はこれ以上君に不自由を強いるつもりはない』と」

「それと君と一緒に食事をとることに何の関係が？」

「わたしは実家では家族みんなで食事をとっていましたの。治療院でも同僚と楽しく食事をしていました。なのにこれからは毎日、毎回一人で食べるとなると、寂しくて寂しくて体調を崩してしまうかもしれません。とても不自由ですわ」

「……その程度で体調を崩すほどか弱いお方には見えないのだが」

あら、意外と見抜かれている。

じとっとした瞳で見つめられ、作り笑いを浮かべる。

リヒト様とお会いしたのは本当に数えるほどで、こんなに長く会話を交わしたのは初めてではないだろうか。

そう、そんな少ない時間でも伝わってしまうほどにわたしは一人で何でもできてしまうし、寂しさで体調を崩すことなどありえないだろう。

けれどここはもう、それで押し切るつもりだ。

こちらは不自由をさせないという言質を取っているのだ。

リヒト様のやさしさにつけ込むのは少々気が引けるが、このまま引いてしまっては、それこそ夫婦どころか一生友人にすらしてもらえない。

そんなのは嫌すぎる。

「まぁ！　確かにわたしは普通のご令嬢よりも頑健に見えるかもしれませんが、慣れない土地で暮らすのですよ？　今は元気でも、そのうちどうなるかわかりませんわ。ご存じの通り、わたしの治癒魔法はささやかですから、倒れても自分で自分を治すことなどできないかもしれません。一緒に食事をとってさえいただければ、そんな心配も一切なくなります。そうでしょう？」

「そ、そういうものか……？」

口をはさむ隙《すき》を一切与えず一気に言い切るわたしの勢いに呑まれ、リヒト様はこくりと頷く。

よし！

「いま、頷いてくださいましたね？」

「え、いや!?」

「いいえ、確かに頷いてくださいました。さぁ、朝食がまだでございましょう？　わたしはもうお腹がペコペコなのです。旦那様もご一緒に食堂へ向かいましょう。さぁ、さぁ！」

ぐいぐいぐいっ。

リヒト様が困惑している隙にどんどん話を進める。

「それでは、お二人の食事を食堂にご用意させていただきます」

いつの間にかそばにいた執事のセバスチャンが、どこか嬉しそうに手配してくれる。

少しゆっくり向かってあげたほうがいいだろう。

この感じだと、わたしとリヒト様で食事内容が違っていた可能性も高そうだ。

もちろん、わたしの方を豪華《ごうか》にという意味で。最大限のもてなしをしようとする意志を感じるのだ。

急にリヒト様も同席となると、準備も大変だろう。

わたしのわがままのせいで余計な仕事を増やしているのだ。あとで料理人と使用人の皆様には疲労回復の治癒魔法をかけさせていただきたい。

「エスコートしてくださいます？」

わたしはリヒト様に手を差し出す。

「……パーティー会場ではないのだが？」

「あら、夫婦なら屋敷でもエスコートしてくださるものではないのですか」

怪訝な顔をするリヒト様にわたしは首を傾げる。

お母様はお父様にエスコートされていたし、ベネディットお兄様もルーナお義姉様をエスコートしているからそういうものだと思っていたのだけれど。

(もしかして、違っているのかしら?)

ルーナお義姉様の場合は身体が弱いからお兄様が過保護でしている可能性はあるのだけれど、お父様がお母様にしているのは普通のこと、よね?

リヒト様の戸惑ったお顔を見ているとちょっと自信がなくなる。

「……君の家がそうだったのなら」

少し不安になっていたわたしの手を、リヒト様が取ってくれる。

ひんやりとした指先に触れてどきりとする。

特に話すこともなく静かに、けれどゆっくりと食堂へ向かうと、きちんと二人分の朝食が用意されていた。

本来ならテーブルの長辺の端と端に座るのだろうけれど、近いところで向かい合って座れる配膳なのは、セバスチャンの計らいだろうか。

ちらりと彼を見ると、肯定するように微笑みながら頷《うなず》かれた。

(応援してもらえているのかしら)

自分でも割と強引な行動をしてしまった自覚はあるのだけれど、セバスチャンやこの屋敷の使用人達に協力してもらえるのはありがたい。

（……やっぱり、とても綺麗な方よね……）

運ばれてきた食事に手をつけるリヒト様の所作は美しい。

すっとした指先についつい見惚《みと》れてしまう。

「……口に合わないだろうか」

「えっ。いえ、とても美味しいです」

つい見つめてしまって食べるのが疎かになってしまっていた。

「その割には、あまり食が進んでいないように思えるのだが」

「リヒト様と食事をとれるのが嬉しくて、ゆっくり食べています」

見惚れていた、というのは恥ずかしいので、少し誤魔化してみる。嘘は言っていない。

「……そうか」

一瞬の間があったけれど、リヒト様は何事もなかったかのように食事を再開する。

（何を話したらいいかな？）

リヒト様が好きそうなものがまだわからない。

伯爵家の話をするにも既に現状はご存じのようだし、面白い話も持ち合わせていない。

勤めていた治療院の話もリヒト様にするには不適当な気がする。お茶会もパーティーもほぼ出ていないから、最近の流行にも疎い。

けれど、せっかく一緒に食事をできることになったのだ。共通の話題はどんどん作っていきたい。

まずはリヒト様を知ることから始めていきましょうか。

「リヒト様は、普段どのようなことをされているのですか？」

「いつもは、王城で仕事をしているね」

「そうしますと、今日もこれからお城でお仕事ですか？」

「そうだね。普段なら、もう出仕している頃かな」

「えっ、遅刻ですか!?」

そういえば、リヒト様はどこかに出かけようとしていたところだった。

まさかわたしが呼び止めて強引に朝食に誘ったせいで、遅刻させてしまうなんて。

「あぁ、その点は心配いらない。特に屋敷にいる理由もないから定刻より早めに出仕しているだけだから」

「それならよかったです」

焦った。

仲良く過ごしたいけれど、わがままを言って足を引っ張るのは言語道断だ。

お城の仕事とはどんなものだろう。

もしもわたしにもできる仕事があるなら、そしてそれがリヒト様の側でできることならなおいいのだけれど。

治癒の仕事もあるだろうか？

お兄様達がしているのだからあるとは思うが、没落聖女とまで呼ばれるわたしの治癒魔法では王城勤めは困難かしら。

「……君は、私といることに何とも思わないのだね」

不意に、リヒト様がそんなことを言う。

「何とも、と言いますと？」

なんだろう。

リヒト様は仮面越しにもわかるほど真剣な表情をしていらっしゃるけれど、何を思えばいいのだろう。所作が見惚れるほど綺麗だとは思っているけれど。

「私は見てわかる通り黒髪だ。呪われていることはわかっているだろう」

「ええ、もちろんです。そのための婚姻ですから」

わたしに呪いを解く力はないけれど、リヒト様が呪われていなければわたしとの結婚はあり得なかった。

いまは醜く爛れているというお顔は、呪われなければきっととても美しいままだっただろうから。

結婚も、政略結婚ではあっても地味なわたしとではなく、もっとふさわしいご令嬢とできたはず。

「婚姻をしたのは私が呪われてしまっているせいだけれど、無理にそばにいる必要はないだろう」

「無理……。わたしがリヒト様のそばにいるのはそれほどにご迷惑なのですか？」

少しでもわたしを引き離そうとなさるリヒト様だけれど、呪われているからといって食事まで一緒にとるのが嫌なのだろうか。

「いや、そうではない、その……うつる、とは思わないのだろうか」

わたしから目をそらし、俯くリヒト様に目を見開く。

「リヒト様、まさかと思いますが、その呪いがうつると思われているのですか？　もしもその呪いがうつる類のものなら、とうの昔に王家が壊滅していると思われるのですけれど」

実際、そういった類の呪いもある。

一族郎党を皆殺しにするような呪いだ。過去にも王家の人間が呪われて呪い返しをしたり、とある貴族の一家が呪いによって壊滅してしまったりという話は聞いたことがある。

発動させるには膨大な魔力も多大な犠牲も必要とするだろうが、呪い自体は存在するのだ。

「うつることはない。けれど、呪いを持つ者がそばにいること自体を普通は恐れるものだろう」

俯きがちに言うリヒト様は、普段からそのような扱いを受けているのだろうか。

恐れられ、否定され、そばにいることを拒否される。

（……何度も、そういった目に遭《あ》われていらっしゃるのでしょうね）

王族だから、あからさまに否定するものはいないだろう。

けれど言わなかったからといって、なかったことにはならないのだ。

否定や拒絶は、目線で、動きで、察してしまうものだ。

治療院でそういった患者を何人も見てきたからわかる。

病を得てしまった後に、親しかったはずの友人や家族から距離を置かれてしまう。そして身体だけでなく心までも傷ついてきた患者達は、諦めと悲しみをもって治療院で過ごしていた。

謁見の間でお会いした陛下と王妃様は、リヒト様へ深い愛情を持っているように見えた。

けれど、友人知人はどうだったのだろう。

肖像画に描かれた美しい姿のリヒト様は、多くの女性から憧れの眼差しと恋心を向けられていたはずだ。

けれど、今では表舞台には決して立たずにひっそりと隠れるように過ごしていらっしゃる。それが、答えなのではないだろうか。

「リヒト様。私は、治療院で沢山の患者と接してきました。中には、うつる病や奇病と言われる病を持った方もいました。だから、わたしは普通よりもずっと、呪いに対しても慣れているのではないかと思います」

呪いを気にしないと言ったら嘘になる。

けれど、拒絶する必要を感じないのだ。

「……そうか」

リヒト様は喜びも悲しみもせず、再び食事に手をつける。

(そう簡単に信じてはいただけないでしょうね)

十年だ。

リヒト様は長い年月を呪いと共に生きている。

それはつまり、その年月分恐れられ拒絶されてきたのだ。結婚したとはいえ、昨日今日出会ったばかりに等しいわたしを、すぐに受け入れてもらえるとは思わないほうがいいだろう。

「……また、明日も食事を一緒にとっても構わない」

ぽつりと呟やかれた言葉に、わたしは目を見張る。

「嫌か?」

「いいえ、嬉しいです!」

はしたないかもしれないが即答してしまう。

リヒト様はまだわたしを信じてはくださらないけれど、歩み寄ろうとしてくれている。

呪いを不安に思いながらも、わたしの意思を尊重してくれるのだ。

嬉しくないわけがない。

――こうして、わたしはできる限りリヒト様と一緒に食事をとる権利をもぎ取った。

友人計画一歩前進である。

◇◇◇◇◇◇

リヒト様と朝食をとるようになって早数日。

いつも通り一人でさくさく身支度を整えていると、何やら屋敷がざわついていることに気づいた。

ぱたぱたと急ぐ足音が廊下に響く。

礼儀正しい使用人達がこれほどに慌てているのは珍しいことだ。

「何かありましたか？」

わたしが部屋を出てすぐに見かけた使用人に声をかけると、彼は慌てたようにお辞儀を返す。

「お、奥様、あの、申し訳ありません、まだお食事の用意ができておらず……」

「そんなことはいいのです。何か皆、慌ただしいようだけれど……」

「あ、これは、その……」

使用人の顔色が悪いことにいまさらながら気づいた。

「大丈夫ですか？　お顔の色がとても悪いようなのですが。もしよければ、治療を施させてもらえないかしら」

大した治癒魔法ではないとはいえ、体調不良を解消する程度ならどうということはない。

「そ、そうだ、奥様なら……」

「何をしているのだね、君は」

通りかかったセバスチャンが使用人を咎めた。彼からも何か焦りを感じる。

「あら、セバスチャン。彼は何もしていませんよ。わたしが事情を聞いていただけです」

「奥様には心配をかけないよう言付かっております」

「……それは、リヒト様からということよね。つまり、彼に何かあったのね？」

しまったというように、ほんの少しセバスチャンの表情が変わる。

「セバスチャン様、奥様は治癒術師ですよ。奥様ならすぐに治せるんじゃないですか!?」

焦ったように言い募る使用人の言葉でわかってしまった。

「リヒト様が体調を崩されたのね？　お医者様の手配は済んでいるのかしら」

「駄目なんです、お医者様は怖がって来てくれないからっ！」

「お前はもう下がりなさい！」

おろおろとしている使用人をセバスチャンが遠ざけようとする。

『怖がって来てくれない』？

それはつまり、呪いを恐れてということだろう。

「わたしが行きます。教えてくれてありがとう」

セバスチャンに引き止められる前に、わたしはリヒト様の部屋へと走り出した。

リヒト様の部屋には数人の使用人が待機していた。

わたしに気づくと困惑した表情を浮かべたが「わたしは治癒術師だから」といえば恐る恐る部屋を

開けてくれる。

「リヒト様……？　失礼しますね」

「……その声は、アリエラ……？　駄目だ、離れていてくれ」

ベッドに横たわるリヒト様は、こんな時でも銀の仮面を身に着けていた。

呼吸の荒さと頬の赤みから、高熱があるのだとわかる。

「お身体の状態を診させてください。お忘れかもしれませんが、わたしは治癒術師ですから」

リヒト様の呪いは解けずとも、病なら治せる。

「うつる病気の可能性がある……それに、この程度なら数日寝ていれば治るから……君が心配することはないんだ」

ベッド脇に腰かけ、リヒト様の手を握る。

「アリエラ……？」

「うつるかもしれないことは、了承済みです。それに、もしうつったとしても、自分で治せますから」

そうでなければ治療院で働くことなどできない。いつもうつることを前提に、治療に当たっているのだから。

握ったリヒト様の手は、予想通りとても熱い。寝ていれば治ると言っても、この高熱は放っておいてよい類ではない。

わたしは集中し、リヒト様の身体を包み込むように治癒魔法を施す。

（………？）

なんだろう。

病気自体はよく見かける風邪なのだが、リヒト様の魔力が少しおかしいような。

金色の魔力の中に隠れるように、白い魔力がある。

おそらく金色の魔力がリヒト様のものだと思うのだが、白い魔力はそんなリヒト様の金色の魔力にくっついている。

(病気とは関係なさそうね)

特にリヒト様の身体に影響を及ぼすようなものではなさそうで、わたしは風邪の治療に集中する。

しばらく手を握り、治癒魔法を施していると、リヒト様の身体から病魔が消え、苦しそうだった息も正常に戻っていく。

「……君は、凄いな」

ベッドの上で半身を起こしたリヒト様が、感嘆の息を漏らす。

「治せる病気でよかったです」

立ち上がろうとすると、リヒト様に手首を摑《つか》まれた。

「リヒト様？」

「あっ、すまない。……私は何をしているのだろうね。アリエラのおかげで苦しさが一瞬で消え去ったよ」

微笑むリヒト様に、わたしはどきりとする。

仮面をつけていらしても、お美しいのだ。

「い、いえ、リヒト様が元気になられたのでしたら、それでいいんです」

「私はこんな身体だから、皆、恐れるのに」

「……呪いを解くことはできませんが、病でしたら、これからはわたしが治してみせますから」

「そうか。本当に、ありがとう」

コンコンとドアがノックされる。

リヒト様が声をかけると、ファレドが嬉しそうに紅茶とお菓子を載せたワゴンを押して入ってくる。

「ファレド？」

「奥様が向かわれたと聞いたので、絶対に治ると思ったんです」

「それで、なぜここに紅茶を？」

「奥様とぜひくつろいでください！」

ファレドの後ろにいる使用人達もうんうんと頷いている。

「……ありがたく頂くことにするよ」

照れたように少し目線をそらすリヒト様は、本当にこの屋敷の使用人達から慕われていると思った。

◇◇◇◇◇◇

あの病を治した日から、わたしとリヒト様は大分打ち解けられたと思う。

今日もリヒト様を転移魔法陣の前でお見送りする。

「行ってくるよ」

「行ってらっしゃいませ」

そんな短いやり取りでも、わたしの心はなんだか温かくなる。

リヒト様はいつも王城へ行く時は転移魔法陣を使用している。魔力があれば使えるそれは、一瞬で城内に飛べて便利らしい。

部屋に戻ろうとすると、廊下でファレドがおろおろとしているのを見かけた。

「あぁっ、俺はもう、どうしてこんなミスをっ」

書類の束を抱えて玄関先でうろうろする姿は、相当に焦っているように見える。

「あの、どうかなさいましたか?」

「うっわ、奥様! 聞いてください、いや駄目? でもいまはセバスチャンもいないしっ」

どうしたのだろう。

頭を抱えて焦っているのはわかるのだけれど、要領を得ない。

「ひとまず落ち着いてくださいな」

わたしは手の平に軽く意識を集中して、ファレドに治癒魔法をかける。

別に何かを癒すわけではないのだが、気持ちが落ち着くはず。

「あ、あぁ……取り乱してすみません。実は、リヒト様へ渡す書類を間違えていたんです」

「なるほど。それでしたら、わたしが代わりに届けましょうか」

「えっ、いいんですか? 僕じゃ城には入れないし、書類は手渡さないと不安だし……と思っていたので、助かります!」

がばりと頭を下げるファレドに、頷く。

リヒト様はいま王城にいる。

王城は一介の使用人がおいそれと入れる場所ではないのだ。

けれど一応は妻であるわたしならば、少し客間で待たされるかもしれないが許可は下りるだろう。

（転移魔法陣は、わたしでは使えないわよね？）

王城に繋《つな》がっているのだから、許可のある者しか使えないだろう。

ファレドがすぐにファミルトン公爵家の馬車を手配してくれて、わたしは馬車で王城へ向かう。

揺れの少ない馬車は快適で、街並みを眺める余裕すらある。

アールストン伯爵家の馬車だと、揺れが酷くて体調を崩しやすく、外を眺める余裕はあまりなかった。けれどこうしてゆっくり馬車の外を眺めていると、ランドネル王国は改めて花が多い国だなと思う。

王都には花屋も多く、どんな店でも店先に花を飾る。

街のいたるところに街路樹があり、春になれば美しい花をつける。あと三か月もすれば花祭の季節だ。

毎年行われる花祭は、街中に魔法の花が飾られ、踊り子たちが花びらを舞い散らせて踊り、歌い手は歌い、花祭を祝う。

本物の花と魔法の花に飾られた王都は、見ているだけでも心躍るほどに美しい。

（今年は、リヒト様と見られるかしら）

人前に出ることを厭《いと》うリヒト様だから、花祭に参加することはないと思うけれど。

一緒に窓辺で眺めることぐらいはできるかもしれない。

そんなことを思っていると、馬車が王城に着いた。

門番に事情を話すと、すぐにリヒト様に連絡を取っていただけた。

客間に通され、使用人がお茶を淹《い》れる。ファミルトン伯爵家でのものと同じ味がするから、同じ茶葉を使っているのだろう。

しばらくは客間で待つことになると思っていたのだけれど、すぐにリヒト様が駆けつけてきてくれた。

「アリエラが来ていると聞いたのだが……なぜ君がここに？」

「ファレドさんから書類を預かってきましたの。リヒト様に渡す書類を間違えていたそうですわ」

封筒《ふうとう》に入った書類を渡すと、リヒト様はすぐに中身を改める。

「あぁ、これは確かに必要な書類だね。ありがとう」

微笑むリヒト様に、控えていた使用人が一瞬表情を強張らせた。

それが見えたから、わたしはリヒト様の手をとり、両手でぎゅっと握る。

「リヒト様のお役に立てて嬉しいです。ファレドさんに感謝ですね」

「あ、あぁ……」

動揺するリヒト様に、わたしは微笑む。

使用人が今度こそぎょっとしていたけれど、わたしは内心大成功とほくそ笑む。

リヒト様の呪いはうつらないのだ。

怖がる必要などないのだと、触れても何一つ問題などないのだと示せた気がする。

「それでは、戻りますね」

リヒト様に別れを告げて、るんるん気分で廊下を歩いていたから、わたしは避けなければいけない声が近づいていることに気づけなかった。

「いやだ、没落聖女のアリエラじゃない」

棘のある声に、はっとする。

複雑に結った華やかな金髪が目立つご令嬢が二人、廊下の先に立ち塞《ふさ》がっている。

リザリエンナ・バルトラ侯爵令嬢とデアボルナ・ヴィセーロ伯爵令嬢だ。

従姉妹《いとこ》同士で似たような格好を好む二人は、どうしても出なければいけないパーティーで必ずと言っていいほどわたしに絡んでくる人達だ。

(最悪だわ)

内心の気持ちを悟られないよう、表情を取り繕《つくろ》いカーテシーをする。

(何事もなく通り過ぎてくれればいいのだけれど)

二人の表情を見る限り無理だろう。

獲物を見つけた猫のように、にたりと嫌な笑みを浮かべているのだから。

「貴方のような没落貴族の娘が、なぜ王城にいるのかしら。わたくしの目に触れるだなんて不敬ではなくて?」

「申し訳ございません」

何が不敬なのか問いただしたいが、反論したところで無意味なのはわかっている。

彼女達の気が済むまで言いたいことを言わせておけばいい。頭を下げ続けていればそのうち飽きて去っていくことは経験済みだ。

幸い、ここにワインはない。パーティーのようにドレスにワインをかけられることもないだろう。

「あなたは相変わらず地味ねぇ？　灰色の髪に土色の瞳！　見ているだけで気が滅入るわ」

「リザリエンナ様、でもそれも仕方がないことだと思いますわ。隣国の引きこもりの呪い姫も同じ色合いだというではありませんか。無能の証拠なのかもしれませんわ」

くすくすと笑う二人はいつもこうだ。

『灰色の髪と榛色の瞳は能なしの印なのかもしれないわねぇ？　魔力なしの引きこもりの呪い姫も同じ色だっていうじゃない』

そんなふうにくすくすと嗤《わら》われるのはいつものことだ。

侯爵令嬢と伯爵令嬢でしかない二人が、なぜ隣国の王女をこうも何度も嗤えるのかはわからないが、二人は初めて会った時からわたしを目の敵にしているのだ。

隣国の第三王女トルティレイ姫は、わたしと同じ髪色と瞳の色を持ち、そして魔力なし。

王族でありながら魔力が上手く扱えなかった彼女に対する世間の目は、聖女の血筋なのに聖女たる資格のないわたしに対するものよりもずっと厳しいのだろう。

人目のある場所へ出たがらなくなるのは、当然のことのように思える。

「でもねぇ、隣国の王女様は身分は王女でしょう？　それに引き換えあなたはただの没落聖女。治癒能力もまともに振るえないのだから、比べるのは王女に失礼かもしれないわねぇ？」

わたしは引きこもってはいないのだが、この二人はいつもトルティレイ姫とわたしを同列に語り、なおかつわたしを貶める。

向こうは王女、わたしは没落貴族の生まれ。

何の価値もないのだと常々言い聞かせに来る。

それほどまでにわたしが目障りなら、そばに来なければいい。

はっきりそう言ってやりたいが、わたしは黙って聞き流すしかないのが悔しいところだ。

「ねぇ、何とか言ったらどうなのかしら」

リザリエンナ様の声がより一層尖る。

（……今日はやけに長く絡んでくるのね）

パーティー会場でない分、人目がないからだろうか。

「聖女の血筋でありながら、聖女たる力を振るえないだなんて、恥ずかしいとは思わないのかしら。生まれてきたことが間違いなのではなくて？」

「リザリエンナ様の言う通りですわ。貴方、王族と婚姻を結べたからといって、ちょっと図に乗っているのではないの？」

「あぁ、そういえば、こんな粗末《そまつ》な治癒能力でも聖女の血筋というだけで王家に迎え入れられたのでしたわね。どんな卑劣な手を使ったのか存じませんけれど……お相手があの第三王子ですもの。大方、呪いを解いてあげるとでも嘯《うそぶ》いたのではなくて？　何もできないくせに、本当に恥知らずですこと」

「あぁ、でも、呪われている王子には、丁度よかったのではないのでしょうか。生贄《いけにえ》のようなものでしょう」

「……どういう意味でしょうか」

「え？」

声を上げたわたしに、二人が首を傾げる。

「生贄とは、どういう意味かとお伺いしているのです」

くすくすと嫌な声で笑われるのはいつものこと。

けれどリヒト様まで嗤われるのには耐えられそうにない。

「あら、そんなこともわからないの？　呪われていることは周知の事実じゃない。貴方に呪いをうつして自分の呪いを解こうとしているのかもしれなくてよ」

「リヒト様はそんな卑劣な方ではありません」

誰にも呪いがかからないように、常に仮面を身に着け女性と距離を置き続けている方だ。誰かを生贄にしようなどと、一度でも思うはずがない。

「随分とわかったような口を利くじゃない。貴方、誰に物を言っているかわかっているの？」

「何度でも言います。リヒト様は呪いを故意に他者にうつすような方ではありません。訂正してください！」

いつも何を言われても詫びを口にすることしかしなかったわたしの強い反論に、リザリエンナ様は怯んだ。

けれどそれも一瞬のこと。

「このっ、没落聖女の癖に！」

リザリエンナ様が手を振り上げる。

わたしは咄嗟に目をつぶった。

（…………？）

しかし、いつまで待っても衝撃が来ない。

そうっと目を開けると、

「リヒト様！」

リヒト様が、リザリエンナ様の手首を摑《つか》んで押さえている。

「随分と騒がしいね。ここは王城なのだけれど、礼儀知らずが紛れ込んでいたようだ」

投げ捨てるように手首を払われ、リザリエンナ様は数歩よろめいた。

その顔は屈辱に歪んでいるが、反論はしない。ひたすら、リヒト様に摑まれた手首を必死にこすっている。

目の前に立つ人物が誰なのかわかっているからだろう。銀の仮面を着けた黒髪の貴族はリヒト様一人しかいない。

呪いはうつったりしないのだが、デアボルナ様も数歩後ずさっている。

その顔は、貴族令嬢らしい表情が抜け落ちるほどに、恐怖が滲んでいる。

けれどリザリエンナ様のほうはさすが侯爵令嬢。冷静さを取り戻し、引きつり気味ながらも微笑みを浮かべた。

「これは、第三王子殿下。お見苦しいところお見せして申し訳ございません。ですが誤解があるようですわ。わたくしは、そちらの身分をわきまえないアールストン伯爵令嬢に侯爵令嬢たるわたくしが礼儀作法をお教えしていただけです。侯爵令嬢たるわたくしの許しなしに発言をしたものですから」

余裕の笑みと共にわたしが伯爵令嬢であること、そしてリザリエンナ様は侯爵令嬢なのだから、わたしに何をしても何ら問題ないと強調する。

けれどリヒト様はそんな言葉を一笑に付した。

「そう、なら王族である私の許可も得ずに侯爵令嬢が発言をしたことについて、どう思っているのか聞いても？」

「あ、いえ、それは……」

「あぁ、それとも。呪われている私では王族として敬うことができないと態度で示したいのかな」

「そんなっ、滅相もございません！」

リザリエンナ様も、一緒にいるデアボルナ様も青ざめる。

「バルトラ侯爵令嬢とヴィセーロ伯爵令嬢。両家には今後一切、治癒術師の派遣は行わないこととしよう。当然、治療院での治療も望めないと知りなさい」

「そ、そんな、横暴ですわ！」

「横暴？　アールストン伯爵家は代々聖女を輩出し、かの家の兄弟たちはいまも我が国の第一線でその類稀なる治癒能力をいかんなく発揮してくれている。そのアールストン伯爵家のご令嬢を貶《おとし》めたんだ。治癒魔法など要らないということと同義だろう。バルトラ侯爵とヴィセーロ伯爵には後程手紙をしたためよう。……衛兵、何をしている？　この二人を城外へ」

「なっ、なぜですかっ、そこまでされるなんて……わたくし達が何をしたというのですかっ」

「私の前で私の妻を侮辱《ぶじょく》したからだね。私はファミルトン公爵であると同時にこの国の第三王子だ。王族の妻を侮辱したのだから、それ相応の処罰が下されるのは当然だろう」

「そんな……」

リザリエンナ様は絶望した顔でその場に崩れ落ちた。

デアボルナ様はもう何をしていいのかわからないのだろう。青ざめたまま動けない。

でもわたしはそれどころではなかった。

（妻？　いま、リヒト様、わたしの妻って言ってくださいました？）

呪いのためにした結婚だ。

誰にも知られたくないかのように、ひっそりと行われた結婚式だった。

それは、リヒト様のお気持ちそのものだと思っていた。

けれどそれなのに、リヒト様はわたしを妻として認めてくださっている？

胸がどきどきして、頬《ほほ》が赤くなるのを感じる。

衛兵に二人の令嬢が連れ去られると、リヒト様はその鋭い眼差しをいくらか和らげてわたしを振り返った。

「すまなかったね。私のせいで、嫌な思いをさせてしまった」

「いいえ、とんでもありません！　リヒト様がいてくださったお陰で、わたしは酷いことを言われずに済みましたし」

拙《つたな》い治癒魔法しか持たないせいで見下されるのはいつものことだ。

パーティーでもないのに二人に出会ってしまったのは本当に運がない。

「……顔が赤いようだけれど、熱でも出ているのではないか？」

言いながら、リヒト様がわたしの額に手を当て顔を覗き込む。

仮面越しに、海のような澄《す》んだ青い瞳が私を心配そうに見つめている。

「あ、あの、大丈夫、です……っ」

「いや、もっと赤くなっているぞ？　大丈夫ではないだろう」

「そ、それはっ、リヒト様のお顔が目の前だからですよっ、恥ずかしいんですっ」

えいっと、リヒト様の胸を押して少しだけ距離をとる。

真っ赤になった顔を片手で押さえるわたしに、リヒト様は一瞬きょとんとして、次の瞬間噴き出した。

「そ、そうか、恥ずかしかったのか、ははは っ」

「笑いごとではありません、あんまりからかわないでくださいっ」

「い、いや、ごめん、からかったわけではないのだがね、ははっ」

リヒト様は意外と笑い上戸らしい。

青い瞳に涙が見える。本当に楽しそうだ。

「私に触れられて怯えるどころか、恥ずかしがられたのなんて何年ぶりだろうね。嬉しいよ」

微笑みながらポンポンと頭を撫《な》でられて、はっとする。

（そうね。リヒト様は呪いのせいで、近づくことすら恐れられていたのだものね……）

呪いを恐れないわたしの反応は、新鮮かもしれない。

でもこんなに笑わなくてもいいじゃないと、ちょっとそっぽを向きたくなってしまう。

「そうむくれないで。これから王城へ来るときは、屋敷の転移魔法陣を使ってくれてかまわないから」

「それはつまり、また来てもいいということですか？」

「そうだね。歓迎するよ」

リヒト様が優しくエスコートの手を差し出す。

「家の中ではありませんよ？」

「私がそうしたいんだ。駄目かい？」

「いいえ、嬉しいです」

遠慮なく、手を添える。

朝繋いだ時よりも、心が籠もって感じるのは気のせいだろうか。

リヒト様に馬車までエスコートされる。

通り過ぎる人々がぎょっとしたように振り返るけれど、リヒト様は気にしていらっしゃらないようだ。それなら、わたしも堂々としていよう。

リヒト様の呪いは、うつったりしない。

怖がる必要なんてないのだ。

わたしの存在がリヒト様を忌避する人々への牽制になったらいい。

そんなことを思いながら、馬車に乗ったわたしはずっとずっとリヒト様のことを考えていた。

◇◇◇◇◇

「王妃様から招待状ですか?」

今日も一緒に食事をとった後、リヒト様から一通の手紙を手渡された。

王家の封蠟がされているそれには、確かに王妃様のサインが記されている。

「一度、ゆっくりと二人で話したいらしい。もちろん、断ってくれても構わないそうだ」

読んでみてくれと促されて、わたしはおっかなびっくり招待状を開けてみる。

王妃様にお会いしたのは、婚約打診の謁見の時と、結婚式の二回だけ。

こんなふうに個人的に招待してもらえるような間柄ではない。

普通の王子妃なら、婚約者時代から王妃と交流を深めていくものなのかもしれないけれど、わたしは急な婚約者であり王子妃だ。

リヒト様は王族籍を抜けてはいない。呪いを持つリヒト様を想っての、陛下の配慮だ。

（……お叱り、かしら）

王妃様の呼び出しで思いつくことといえば、リヒト様の呪いが解けないことについてだ。

王城では基本的に人前に姿を現さないようにしているリヒト様だが、王妃様とは定期的に会っている。

会って、リヒト様の髪が黒いままなのを見れば、呪いは少しも緩和されていないこともわかってしまうだろう。

正直、王妃様と会うのは気が重い。

断ってもいいと言われているとはいえ、断れるものでもないと思う。

ただでさえ、王妃様の目の前で呪いを解けないことを証明してしまっている身なのだ。断って不興を買うのは避けたい。

お受けしますと答えれば、リヒト様は「本当に？」と気づかわしげにわたしに尋ねてくる。

相変わらず仮面は着けたままだけれど、わたしを心配してくれているのを感じて嬉しくなる。

「そうしたら、ドレスを仕立てよう。アリエラに似合うドレスを贈らせてくれ」

「えっ、そんな。今あるドレスで十分ではないでしょうか」

リヒト様はわたしに不自由させるつもりはないという宣言通り、ドレスもアクセサリーも、十分用意してくださっている。正直、多すぎるぐらいだ。

「私が贈りたいんだ。嫌かい？」

少し悲しげに問われてしまうと、断ることなんてできない。

王妃様へのお茶会は、リヒト様に贈ってもらったドレスで出席することになりそうだ。

◇◇◇◇◇◇

そうして、王妃様とのお茶会の日が来た。

リヒト様にエスコートされ、わたしは王妃様の待つ庭園に赴《おもむ》く。

赤と白の薔薇《ばら》が咲き誇る庭園は、王妃様のお気に入りの場所らしい。薔薇の甘い香りが漂っている。

王妃様は既にいらしていて、わたしたちを見ると嬉しげに微笑《ほほえ》んだ。

「噂通り、仲がいいのね」

「母上。くれぐれも、アリエラに無理強いをしないでくださいね？」

「まぁ、そんなことをするはずがないでしょう」

ふふっと上品に微笑む王妃様に、リヒト様は少しだけ溜め息をついて、わたしから離れた。

王妃様の希望はわたしと二人きりのお茶会だ。リヒト様は同席はせずに、その場を立ち去る。

リヒト様の姿が見えなくなると、途端に緊張してくる。

「本日はお招きいただき、ありがとうございます」

カーテシーすらよろけそうな気がする。

「どうかそんなに緊張しないで。わたくし達は家族ですもの」

微笑む王妃様は先ほどまでと変わらない。

少しだけ肩の力が抜けるのを感じる。

(叱責ではないのかしら)

お叱りを受けるとばかり思っていたから、困惑する。

座るよう促され、席に着く。

「今日のドレスはとても素敵ね。青地に金の刺繍《ししゅう》が魅力的だわ。あの子が贈ったのかしら」

「はい。リヒト様が選んでくださいました」

海のように深い青に金の刺繍が施されたドレスは、鮮やかなのに夜会用のように華美すぎない。

金の台座に青い宝石をあしらったアクセサリーも揃えてくださった。

アッシュグレイの髪に榛色の瞳を持つ地味なわたしでは、華やかな色は似合わないのではと思っていた。けれどドレスの形と小ぶりな装飾品は意外とわたしに似合っていた。リヒト様もよく似合っているると褒めてくださったから、王妃様にも褒められると嬉しさがこみ上げる。

「気づいていて？　ドレスも装飾品も、あの子の色なの」

(リヒト様の？　青は、確かにリヒト様の瞳の色だけれど……)

そう思って、気づく。

金は、リヒト様の髪の色だ。

呪われた今の黒髪じゃない。

あの肖像画に描かれていたような美しい金髪が、リヒト様の本来のお色なのだ。

「ふふっ、そうよね。あの子の髪は今は黒いものね。だから、とても嬉しく思うの。リヒトは自分の色を贈るぐらい、貴方に心を許しているのね」

王妃様に優しく微笑まれて、わたしは顔が赤くなるのを感じる。

指摘されるまで全く気づいていなかったのだ。

深みのある青い色のドレスは、いつも見つめているリヒト様の瞳の色と同じだったのに。

「今日お誘いしたのはね、貴方と本当にただお話しをしたかったからなの。貴方と会えたのは、謁見の時と、結婚式の時だけ。二度とも、ゆっくりと話すような時間は取れなかったでしょう？」

確かにそうだ。

謁見の時は、わたしでは呪いを解くことができない現実を突きつける形になり、王妃様を泣かせてしまってもいる。結婚式の後からわたしは王都のファミルトン公爵家に住んでいたので、王妃様と話す機会は皆無だった。

「先日貴方が王城へ来ていたでしょう？　その時のことが噂になっていたの」

「リヒト様に届け物をした時でしょうか」

あの後も、リヒト様は王城に来てもいいと言ってくださったけれど、リヒト様は基本的に忙しい方だ。

だから、あの日以来、差し迫った用事もないのに王城へ出向くことはしていなかった。

「えぇ、そう、その時の事よ。あの子はね、人前には姿を現さないの。もしも見ることができたなら、幻覚だと思った方がいいとまで言われているわ」

そこまで徹底していらしたとは。

でもそういえば、お兄様達も数年王城に勤めているにもかかわらず、リヒト様にお会いしたことはなかったと言っていた。けれど幻覚とまで言われるほど珍しいことだとは思わなかった。

「でもね、あの日、リヒトは貴方を迎えに客間まで自ら赴いて、なおかつ馬車のところまでエスコートしたのでしょう？　普段なら、使用人を客間に寄越していたでしょうし、エスコートも護衛騎士にさせていたはずよ。けれど貴方にだけは違っていたの。ガーゼルクが驚いていたわ」

「ガーゼルク様が見ていらしたのですか？」

第一王子殿下がいらしていたことなど気づいてもいなかった。あの時は、リヒト様のことだけを思っていたから。

「ええ、随分と離れたところからだったそうだから、貴方達が気づかなかったのも無理はないわ。冷静なあの子らしからぬ慌てぶりで、わたくしの部屋に飛び込んできたのよ。リヒトが貴方を王城でエスコートしていると。その後も次々に報告が舞い込んできて、凄かったわ」

ふふふっと笑う王妃様はとても楽しそうだ。

けれどわたしは恥ずかしくてたまらない。

確かに、わたしはリヒト様の呪いはうつったりしないのだと喧伝したかった。

リヒト様を怯えた目で見る人が減ってくれればと願っていた。

けれどこれほどまでに多くの人に目撃されていたのだと思うと、羞恥心が込み上げてくる。

「わたくし、思うのよ。今年は、貴方とならリヒトも花祭に参加してくれるのではないかって」

「リヒト様はずっと不参加ですよね」

ランドネル王国で開かれる花祭は年に一度の大祭だ。

王城のバルコニーでは王家の面々が並び、祝福の言葉と共に魔法で作った花を降らせる。

街中が花で溢れ彩られる花祭は鮮やかで美しい。

ここ数年、わたしは治療院で花祭を見ていた。祭りの最中であっても患者はひっきりなしにやってくるから。

花祭は年に一度のお祭りだから、治療院の皆も交代で見にいったりしていた。わたしが治療院で過ごしていたのは、その分お給料が良くなるからだ。

だから実際に王家の方々がバルコニーから魔法の花を降らせるのを見たのは、もう随分と昔のことになる。

けれどその頃にはもうリヒト様のお姿を見かけることはなかったから、呪いを受けてからは花祭にも姿を見せていないのだろう。

「あの子が呪われてから十年が経つわ。仮面を着けていれば呪いがうつることは決してないの。けれどあの子は、ずっと花祭を避けているわ。仕方がないことなのもわかっているけれど……わたくしは、あの子を以前のように堂々と過ごさせてあげたいの」

「呪いを受ける前は、リヒト様は花祭を好んでいらしたのですか？」

「ええ、もちろん。わたくしの子は、皆陛下に似てとても整った顔立ちをしているでしょう？　中でもリヒトは美の女神に愛されし人ならざる美しさだなんて称えられていたのよ。そんなあの子がバルコニーに立って魔法で花を作り出すと、その美しさに女性たちが次々と倒れるほどだったの」

「それは……」

なんと言っていいかわからない。

いまでもリヒト様の仮面から見えている顎のラインはすっとしていて整った印象を受ける。けれど呪われたお顔を見ると女性はあまりの醜さに倒れてしまうというのだから、あんまりだ。

「わかっているわ。呪われる前の話ですもの。今のあの子に大勢の前で仮面を外せだなんて言えないわ。どんな騒ぎになるかわからないもの。でもね、わたくしはあの子に、以前と変わらない生活をさせてあげたいの。ねぇ、貴方達は、家ではどう過ごしているのかしら」

「毎朝一緒に食事をとらせていただいて、その後、リヒト様は王城へ出向くことが多いですね」

「食事を一緒に？　そうしたら、あの子は貴方の前では仮面を外しているの？」

「いいえ、仮面は着けたままです」

「そう、そうよね……。あの子は、わたくし達の前でも仮面を決して外さないの。陛下の前でもよ？　男性なら大丈夫なのに」

「万が一を思ってのことではないでしょうか？」

リヒト様は、最初の頃よりもずっとわたしに好意を持ってくれているように思える。けれど決して、仮面だけは外されない。セバスチャンやファレドの前でもだ。女性であるわたしはともかく、男性である二人の前でもそうなのだから、徹底していると思う。

「えぇ、そうね。でも、もしかしたら、貴方だけは大丈夫なのではないかと思っているの」

王妃様が少し遠くを見つめるように呟く。

「……お力になれず、申し訳なく思います」

リヒト様の黒髪は、少したりとも変わることがない。わたしと過ごしていても、呪いに何ら変化はないのだ。聖女の力なんて何もない。申し訳なくなって頭を下げる。

「いいえ、違うのよ！　ごめんなさい、そういう意味で言ったのではないの。知っていて？　あの子は、もうずっと長い間笑うことがなかったの。でもね、最近はふとした時に微笑むようになったわ。全部、貴方のおかげよ。本当に、ありがとう……っ」

王妃様が立ち上がり、わたしに頭を下げた。その瞳に涙が溢れている。慌ててわたしも立ち上がり、王妃様のそばに行ってハンカチで涙をぬぐう。

「王妃様、どうか顔を上げてください、わたしなどに頭を下げるなどと……っ」

「いいえ、どうか聞いてほしいの。わたくしはね、あの子が呪われたとき、すぐに触れることができなかったの。呪いに染まった黒髪が怖かったのよ、わが子なのに。けれど貴方は、何のためらいもなくあの子に触れて、エスコートされていたわ。それが、どれほどあの子にとって嬉しいことか……。貴方のような子が、リヒトの妻になってくれて本当によかったと思っているの。どうか、これからも、あの子のそばにいてあげて？」

涙をこぼす王妃様の手を握り、頷く。

わたしなどでよいのなら、リヒト様のおそばにいたいと思う。リヒト様が望んでくれる限り、ずっとずっと一緒にいたい。

王妃様が落ち着かれると、リヒト様が戻ってこられた。

「私の妻を返してもらいに来ましたよ」

「あら、もうそんな時間かしら。すっかり話し込んでしまったわ。次は、陛下も交えて、家族みんなでお茶会をしましょうね」

「喜んで」

リヒト様が差し出してくれた手に、わたしはためらうことなく手を添える。

王妃様の瞳が本当に嬉しそうに微笑んだ。

庭園から十分離れたところで、ぽつりとリヒト様が呟いた。

「……母上は、ずっと気にしていたんだな」

「聞いていらしたのですか？」

「実はね。時間より少し早めに戻ってきてしまって。私は少しも気にしていないことだったから、意外だったよ。あの時は、私も周りも皆が動揺していた。母上が悪いわけじゃない」

「リヒト様は、王妃様の前で呪われたのですか？」

十年前に呪われてしまったことは知っていても、いつどのような時のことだったのかまでは知らなかった。

「あぁ。花祭で、家族皆が揃っていたからね。……突然私の髪が黒く染まったのだから、恐れないほうが無理だ」

自分の息子が目の前で呪われて、美しい金髪が黒く染まる。

それだけでも恐ろしいのに、リヒト様のお顔は醜く変貌しているのだ。王妃様でなくても恐慌状態に陥るだろう。

……そうだわ。

「……リヒト様。お顔を見せていただくことはできますか？」

「っ、アリエラ、急に何を？　知っているだろう、私の顔は呪われているんだ」

「だからです。リヒト様のお顔を見ても受け入れることができるなら、王妃様ももっと安心してくださるのではないかと」

わたしには、治療院で得た耐性がある。

リヒト様の呪われた顔を見ても、泣き叫ぶことなく受け入れることができるのではないだろうか。

「いいや、絶対に駄目だ。私の顔を見ようなどとは思わないでくれ」

「でも、わたしは治療院で沢山の患者と接してきました。酷い火傷を顔に負ってしまった方もです。リヒト様のお顔は、普段から怪我とは程遠いご令嬢には耐えがたいものなのかもしれませんが、わたしなら受け入れられる可能性はあるのではないですか？」

そっとお顔に手を伸ばすと、リヒト様はびくりと一歩後ずさる。

片手でしっかりと仮面を押さえ、決して外されまいとしているようだ。

そこまで拒絶されると悲しくなる。

「あぁ、アリエラ、勘違いしないでくれ。君を拒絶したいわけではないんだ。けれどこの仮面を外すことはできない。私にかけられた呪いは、この顔を見ると本当に危険なんだ。私は……君を決して失いたくない」

青い瞳を辛そうに伏せ、リヒト様はわたしを抱きしめる。

(無理を言ってしまったかしら……)

辛そうなリヒト様に胸が痛む。

「ごめんなさい、もう、無理は言いません。お顔を見られなくても、わたし達は夫婦です。そばを離れるなんて、あり得ないですよ」

きっと、多くの人がリヒト様のお顔を見て、リヒト様を傷つけたのだ。

そして、去っていった。

わたしも同じようになると思っていらっしゃるのだろう。

リヒト様の心の傷は、わたしが思うよりもずっと深い。

わたしはリヒト様の背に腕を回し、力を込めた。

◇◇◇◇◇

「うーん……」

リヒト様と結婚して早一か月。

部屋の中にページをめくる音が響く。

わたしは最近、王城の図書館に入り浸っている。

読書はもともと好きだけれど、いまここにいるのは呪いに関する情報を得るためだ。

ファミルトン公爵家にも図書室はあり、豊富な蔵書が揃えられていたが、やはり王城の図書館は別格だ。

わたしは脚立の上に腰かけ、本棚から解呪の本を手に取る。

(なぜ、呪術系の本は本棚の一番上に並んでいるのかしらね)

やはりおいそれと興味を引かないためだろうか。

脚立を使わなければ取ることができない一番上の段にばかり、呪術や解呪の関連書籍は置かれているのだ。

たいして背の高くないわたしでは、脚立に上って数冊取っては机に運び、読み終わったら戻すことを繰り返すのも一苦労。

それでも最初の頃は数冊ずつ手に取ってきちんと机へ持っていって読んでいたが、もう面倒でここ最近はそのまま脚立の上に座って読みふけっている。

とてもお行儀が悪いのはわかっているのだけれど、ここに訪れる人は少ない。

一冊でも多くの本を読んで、早くリヒト様の呪いを解く手掛かりを探したいのだ。

王家の図書館の中でも禁書庫と呼ばれるこの場所は、王族か、王族に許可を得た者しか入れない。

わたしはといえば、一応リヒト様の妻だけれど、王族であるリヒト様と王妃様の許可を得ている。

ファミルトン公爵家から王城への転移魔法陣の使用許可をリヒト様が出してくれているので、昼間はずっと通い詰めているのだ。

埃《ほこり》っぽい書庫は、防犯のためか窓もない。

ただ、部屋の中はそれほど暗くはない。窓から入る日差しはなくとも、魔導石を用いた照明器具がいたるところにあり、適度な明るさを保っている。

温かみすら感じる魔導ランプの橙色の明かりは、焦る気持ちをそっと宥めてくれるかのようだ。

(解呪は、色々な方法があるようだけれど、呪いの種類を見極めなければ不可能なようね？)

この世界にはありとあらゆる呪いが蔓延《はびこ》っているが、その分、呪いを解く方法も発見されている。

だから、誰かを故意に呪う場合は、数種類の呪いをかけ合わせたりする。

一種類では、すぐに解かれてしまうからだ。

けれどその場合、必要な魔力も準備も多く、簡単には成立しない。

(王族であるリヒト様に、そう簡単に複合呪術をかけられる機会はそうそうないと思うのだけれど)

事件当時のことはよく知らない。

リヒト様に、花祭での出来事だったと聞いただけだ。

王都が鮮やかな花々で彩られ、歌姫は歌い、踊り子は道に花びらを撒きながら踊る華やかな祭りだから、十年前には隣国のシロコトン国から三人の王女が訪れていたとか。

上の姫は十六歳で当時のリヒト様の婚約者候補だった。

真ん中の姫は十四歳で、こちらは、現在リヒト様の兄王子とご結婚されている。

そして一番末の姫は当時まだ七歳。

いまはわたしと同じ十七歳のはずだけれど、彼女の噂はあまりよくない。王女でありながら人前に出たがらず、公務をおろそかにして引きこもっていらっしゃると言われている。

隣国の話なのだから、噂を鵜呑《うの》みにするのはどうかと思うが、わたしと同じアッシュグレイの髪と、榛色の瞳を持つことだけは確かだろう。

令嬢達がわたしを貶めるときにいつも口にしているのだ。リザリエンナ・バルトラ侯爵令嬢とデアボルナ・ヴィセーロ伯爵令嬢を中心として、他の令嬢の口からも聞いたことがある。

けれど幼少の頃から引きこもっていらしたのかどうかはわからないし、ランドネル王国へいらしたのだから、当時は違っていたのかもしれない。

十年前の花祭の最終日。

王女たちが隣国へ帰る日に、リヒト様は呪いに見舞われた。

(……どうして、呪い返しをしないのかしらね)

こうして連日図書館に籠もり、呪いに関する記述を調べていると、やはりその点が引っかかる。

複合的な呪いであれ、多量の魔力と技術があれば、呪いは解かずとも術者に跳ね返すことができるのだ。

リヒト様の呪いが解けずとも、王国魔導師達が総出で呪い返しを行えば、呪いは返せるのではないだろうか。

それをしない、もしくはできない理由として、一番に思いつくのは呪いを返した場合、リヒト様の命も危険にさらされる可能性だろう。

魔術と共に呪いも日々進化している。

呪いを返されないように、返そうとした場合は即座に対象の命を奪うような呪いも存在する。

けれどそういったものすらも、それを凌ぐ多量の魔力を用意できれば命を奪われる前に返すことができるのだ。

ランドネル王家がその魔力を、魔導師達を、用意できないとは思えない。

我が国は魔術大国といって差し支えないのだ。

聖女の称号を得られるほどの癒し手は今はいないが、それ以外の魔導師ならそれこそ掃いて捨てるほどいる。

平民でも才能のある者を登用する制度も整っているから、近隣諸国の中では一番魔術に長けているのだ。

そんなランドネル王国の王国魔導師達が総出でも叶わないほどの魔力を一人で持った術者がいたのなら、それはもう呪いなどに頼らずとも、一人で国を滅ぼせるだろう。

リヒト様を呪う理由がないのだ。複数人の魔導師が関わったとしても同じこと。

それほどのことができるのであれば、リヒト様だけを呪うより、王家を呪うか滅ぼすかした方が早いのだ。

(うーん、頭が痛くなってきたわ)

わたしはあまり頭を使うことに向いていない。

そもそも、禁書とはいえ本を読んで呪いを解くことができるのなら、とっくの昔にリヒト様の呪いは解けているだろう。

リヒト様の呪いを解くために、禁書庫を開放しなかったはずがないのだから。当時の王国魔導師達が総出で調べつくしたに違いなく、それでも呪いが解けなかったから今もそのままなのだろう。

治癒魔法が広範囲に使える程度の没落聖女たるわたしに、解呪など最初から無理な話なのだ。

(でも、できることなら、解いて差し上げたいのよね……)

リヒト様と、友達ぐらいにはなれたらいいと思っていた。

けれど今は、それ以上の想いを抱いている。

わたしの思い違いでなければ、リヒト様もわたしを想ってくださっているのだ。

一緒にご飯を食べる作戦は成功し、最初はあまり会話が弾まなかった食事の時間を、今では二人とも楽しみにしている。

朝だけでなく、ディナーはもちろん、お昼も一緒に食べられる時は食べている。

最近はわたしが禁書庫に籠もっているから、お昼時にはリヒト様が迎えに来てくれるのだ。

本当に、こんなにも仲良くなれると思っていなかったから嬉しい。

でも同時に、リヒト様は呪いをやはり気に病んでいらっしゃるのだということも、一緒に過ごせば過ごすだけ感じてしまうのだ。

当たり前のことだ。

呪われたことがひと目でわかる黒い髪に銀の仮面。ひとたび姿を現せば、周囲は皆、怯えた表情を浮かべ目をそらすのだから。

(それでも、わたしと結婚してくださった)

王命とはいえ、リヒト様にわたしと結婚するメリットはひとつもなかった。

リヒト様が強く拒否していれば、回避できたのではないだろうか。

けれどそれをしなかったのは、わたしの家の事情を知っていたから。

困窮した伯爵家。

身体の弱い義姉。

まだ幼い弟達。

そして、聖女の家系に生まれながら没落聖女と蔑まれるわたし。

リヒト様が縁談を断れば、アールストン伯爵家はさらに困窮し、幼い弟達の未来は閉ざされ、わたしは呪われた王子にすら拒絶された令嬢と蔑《さげす》まれたことだろう。

(なのに聖女の血筋は、残念ながら呪いの緩和には何の影響ももたらしていないのよね……)

そばにいる時間が増えた分、陛下が期待したようにわずかでも呪いが緩和してくれればよかったのだけれど、リヒト様には相変わらず変化はない。

漆黒の髪はどこまでも黒く艶やかで、銀の仮面は一度としてわたしの前で外されることもない。醜いと言われているお顔を見たこともまだないのだ。

リヒト様が悲しむので、あれ以来無理に仮面を外してもらおうともしていないし、触れたりもしていないから当然かもしれないけれど。

ふいにお腹が鳴った。

そういえば、そろそろお昼だ。

わたしは軽くため息をついて、本棚に本を戻そうとして――バランスを崩した。

「えっ!?」

ぐらりと脚立が揺れ、身体が宙に浮く。

咄嗟《とっさ》に本棚に摑まろうとして、本棚に手を伸ばす。

けれど届いた手は何の意味も持たず、それどころか倒れるわたしに引っ張られて、本棚すらもこちら側に倒れてくる！

（え、待って待って、落ちる！　潰される！）

「アリエラ！」

ぎゅっと咄嗟に目をつぶったわたしの耳に、リヒト様の叫びが響く。

派手な倒壊音とバラバラと落ちてゆく本、そして巻き上がる埃。

けれどわたしにはさしたる衝撃は訪れなかった。

たくましい腕がわたしを抱きしめている。

床に叩きつけられて、本棚に押し潰されるはずだったわたしは、けれどそうはならずにリヒト様の腕の中に囲われ守られていた。

「アリエラ、無事か!?」

自分の背中に降り積もる本の山を振り払い、リヒト様はわたしをさらに抱き寄せて、倒れた本棚から助けてくれる。

「は、はい、リヒト様が守ってくださった……の……で……」

「アリエラ？」

リヒト様が、怪訝そうな顔でわたしを見つめる。

床に手をつき身体を起こそうとした姿勢のまま、わたしは固まった。

リヒト様のお顔が見えている。

本棚と共に倒れた衝撃で銀の仮面が弾き飛ばされていた。

いつか見た肖像画のような美しい面差しがそこにはあった。

常に見えていた口元と同じように、陶器のようになめらかで白い肌。

すっと通った鼻筋。

切れ長の青い瞳。

髪の色こそ黒く染まっているものの、そのお顔は決して醜くなどない。

むしろ……。

「なんて、綺麗……」

ぽつりとつぶやいた瞬間、リヒト様ははっとして自身のお顔に手を当てる。

「駄目《だめ》だ、アリエラ、見てはならない……っ」

必死にお顔を隠そうとするリヒト様のそばで、ピキリと音がした。

「え、なに……」

指先だ。

わたしの指先が、凍りつくように変化していく。

それは指先だけにとどまらず、どんどん進んでわたしの手が氷と化して、小さな氷の花を咲かせていく。

振り払おうとしても振り払えず、ピキピキと音を鳴らしながら凍りついていくのをどうすることもできない。

「駄目だ、アリエラ。醜いと思い込むんだ！　美しいなどと思ってはいけない。醜いと叫べ！　思い込ませるんだ、私の顔は醜いのだと自分自身に言い聞かせるんだ！」

リヒト様がお顔を片手で隠しながら叫ぶが、わたしはどうしていいかわからない。

美しすぎる顔から目が離せない。

(なぜ手が凍りついていくの？)

氷の花が増えていく。

手だけじゃない。足先からも凍り始めているのが見ずともわかる。

(醜いと言えばいいの？　でもそんなことをしたら、リヒト様が傷つくわ。呪いは解けているの？醜くなどないのに？)

困惑するわたしをよそに、氷はどんどんわたしの身体を蝕んでいく。

まるで氷の花に覆われていくかのようだ。とても美しく、そして残酷な氷の花はきっとわたしの命を氷の棺の中に閉じ込める。

リヒト様がわたしをかき抱くが、もうわたしにはその感覚もわからない。

見えているから抱きしめられているとわかるだけで、リヒト様の温かさも、抱きしめられ触れられている感覚も、何もかもが氷で失われていくのだ。

「頼む、頼むっ、叫んでくれ、醜いと！　ふた目と見られない顔だと！　頼む、死ぬな……っ！」

リヒト様は目に涙を浮かべ、必死に叫ぶ。

もうわたしの身体は半分以上が凍りつき、意識も朦朧《もうろう》としてきた。

だからわたしは困惑しながらも口にする。

わたしが氷の花に捕らわれたら、リヒト様は醜いと言われるよりもっとずっと苦しむのだと理解したから。

「み、醜いわ……？」

「もっとだ！　はっきりと、叫ぶんだ。心に刻み付けるように！」

「醜いわ！　醜いっ！」

言われるまま、叫ぶ。

瞬間、凍りかけていたわたしの身体から氷の花がパラパラと剝がれ落ちた。

淡く発光している氷の花びらは、薄暗い禁書庫の中できらきらと輝く。

落ちた花びらは、愛しそうにリヒト様にくるくると纏わりつき、その身体を花で飾るかのように吸い寄せられ散ってゆく。

（あぁ……そうなのね……リヒト様の呪いは、本当は……）

身体の氷は溶け始めたけれど、わたしの意識は遠のいていく。

「アリエラ……すまない……」

抱きしめてくれるリヒト様の声を聞きながら、わたしは意識を失った。

◇三章・リヒト王子とトルティレイ姫◇

目を覚ますと、見知らぬ天井が目に入った。

辺りは薄暗く、窓辺から差し込む月明かりがほのかに部屋を照らしている。

(…………?)

身体を起こそうとしたが力が入らない。頭も重く、ぼんやりとする。

動かせるのは目だけで、だからゆっくりと、視線をさまよわせる。

見知らぬ部屋だ。

アールストン家でも、ファミルトン家でもない。けれど身体を包み込むような柔らかいベッドと毛布は、明らかに高級品だ。

(わたしは一体……。本棚が倒れてきて、それで……)

はっとする。

(リヒト様!)

身体を無理に動かして、わたしはなんとか起き上がる。倒れた状況を思い起こせば、おそらくここは王城の客室だ。

動こうとするとくらくらと眩暈に襲われる。まるで魔力を枯渇《こかつ》するまで使い切った後のようだ。

でも魔力を使った覚えはない。

自分の身体にゆっくりと治癒魔法をかけてみる。

感覚のなかった指先から足の先まで、じんわりと温かみが戻ってきてほっとする。

（治癒魔法が使えてよかったわ）

しばらく自分自身を治療していると、眩暈も治まり、立ち上がることができた。

（服装は……まぁ、仕方がないわよね）

倒れた時とは別の服に着替えさせられている。

見覚えはないが私室用のドレスだ。王城なら客人用の予備のドレスは常にあるのだろう。高級品とはいえ私室用のドレスで出歩くのはあまりよくないが、リヒト様の安否を早く知りたい。

ベッド脇に手持ちの魔導ランプが置いてあったので、それを灯してそっとドアを開ける。

「アリエラ様、目を覚まされたのですか⁉」

扉の前を守ってくれていたのだろう。護衛騎士が驚きの声を上げた。

けれど随分な驚き方だ。

護衛騎士は二人いたのだが、もう一人などは絶句している。

「えぇ、少し体調を崩してしまっていたみたいですね？　ご迷惑をおかけしましたわ」

どのように知らされているのかわからなかったので、呪いのことは口にせず、体調不良だと言っておく。けれどわたしを見てどうしてこれほど驚くのだろう。服装は私室用とはいえ、決してはしたない格好ではないのだけれど。

「い、今すぐ王国魔導師を呼んでまいります！」

「アリエラ様はどうかまだ中にいらしてください。何か必要なものがあれば、すぐにお持ちいたしますから」

絶句していた騎士がはっとしたように走り出し、もう一人の騎士に部屋の中に戻るように促される。

いったい、何が起こっているのか。

（……リヒト様は、ご無事よね？）

護衛騎士達の態度に不安がこみ上げてくる。

早く無事な姿を見たい。

禁書庫でリヒト様は泣きそうだった。

リヒト様の安否も気になるが、わたしの無事な姿も早く見せたい。そうでないと、取り返しがつかなくなるような気がする。

じりじりとした気持ちでそれでも部屋で待っていると、護衛騎士とメイドと共に王国魔導師、それと治癒術師であるセリオットお兄様までやって来た。

けれどお兄様の表情はいつもわたしに見せるものとは違い、緊張で強張っている。

（まだ夜更けよね？　みんな、起きていたの？）

迂闊に口を開くことのできない随分重々しい雰囲気に、わたしまで緊張してくる。

「まず、身体の具合を調べさせてもらいます。気を楽にしてくださいね」

王国魔導師がわたしの手を取った。彼女の魔力を感じ瞳を閉じると、わたしの身体を包み込むように、魔力がゆっくりと周囲を漂う。

（呪いが残っているかどうかを調べられている……？）

そうとしか思えない。

あの時、リヒト様と二人だけだったと思うけれど、誰かに見られてしまっていたのだろうか。

知られたら、リヒト様がまた畏怖の目で見られてしまうのに。

わたしは自分の髪に目をやる。

見慣れたアッシュグレイの髪は地味ではあるものの、黒く染まったりしてはいない。

わたしの身体が氷に変化したのは、おそらくリヒト様の呪いに関係があるだろう。

けれどそれはやはりうつるようなものではなくて、だからわたしの髪も染まらない。

それでも、わたしは目をつぶったまま不安になる。

呪いのことはいい。

そんなのはいい。

リヒト様に、早く会いたい。

長いような一瞬のような時間が過ぎて、王国魔導師が手を離す。わたしを包んでいた彼女の魔力も消え去った。

「えぇ、やはり大丈夫なようですね」

王国魔導師の言葉に、周囲がほっとした空気に包まれる。

「あとは治癒術師が診ます。身内ですから、安心でしょう」

セリオットお兄様は王国魔導師と場所を変わって座り、わたしをじっと見つめる。

「……どこか、苦しいところはないか？」

「えぇ、まったくありません。少しだけ身体が疲れを感じたので、自分で治癒しました」

起きたばかりの時は辛かったが、治癒魔法ですぐに整えることができた。

わたしの拙い治癒魔法で大丈夫なのだから、お兄様が心配するようなことはない。そう伝えれば、お兄様も肩の力を抜いてくれた。

「顔色がまだ青いけれど、健康に問題はなさそうだね。……すまないが、妹と二人で話しても？」

セリオットお兄様が背後を振り返り、王国魔導師とメイド達に尋ねる。

すぐに皆出ていき、部屋はわたしとお兄様の二人だけになる。

「アリエラが無事で、本当によかったよ……」

「お兄様？」

言いながら、軽く抱きしめられる。

「お前は知らないだろうが、三日間も意識がなかったんだ」

「えっ、そんなにですか？」

だから護衛騎士があれ程驚いていたのかと納得する。

三日間も意識がなかった人間が自力で部屋から歩いて出てきたのだ。普通はベッドから起き上がれないだろう。

治癒魔法が使えなければ、わたしは動けなかった。

「禁書庫での事件は、老朽化した本棚が倒れ込んできただけということになっている。偶然居合わせたリヒト王子がアリエラを助けたと」

「それは……」

「騒ぎにならないようにだ。アリエラも、そう心得るように」

（……つまり、お兄様も呪いのことを知っている、というわけね）

そうでなければ、こんな言い方はしない。真実を知っているからこそ、口を噤めというのだ。

「セリオットお兄様。わたしは本当にリヒト様に助けていただいたのです。わたしが脚立の上でバランスを崩して、本棚を咄嗟に摑んでしまって。それで、本棚の下敷きになってしまったんです。リヒト様がいらっしゃらなかったら、気を失う程度ではすみませんでした」

「アリエラ、それはっ」

お兄様がわたしの肩を摑む。

でもわたしは怯まない。

「本当なんです！　わたしが倒れたのに、リヒト様は関係ありませんっ」

「だが護衛騎士達が聞いているんだ、醜いと叫ぶ声を。お前は、リヒト様のお顔を見てしまったのではないのか……？」

「それは……」

あの時、意識を失う寸前にリヒト様に言われるまま、わたしは叫んでしまった。

醜いと。

あの声は、禁書庫の外にいたであろう護衛騎士達に聞こえてしまっていたのか。

「見てしまったのだろう？　アリエラ、もう無理をしなくていい。リヒト様には許可を取ってある。一緒に家に帰ろう」

「許可って、お兄様はリヒト様に一体何をなさったのですか」

「離縁を申し出た」

「お兄様!?」

「だってそうだろう？　お前がそばにいても、リヒト様の呪いは解けなかった。当たり前だ。俺達に呪いを解く力なんかない。聖女の血筋だからといって、アリエラが無理をしてリヒト様のそばにいてばにいた。ならばそれは呪いのせいだろう」

「三日間も意識のなかった人間の言葉をなぜ信じられると思う？　醜いと叫んで倒れ、リヒト様がそ
「死にかけてなどいません、だってほら、こうしてお兄様の前で元気でいるではありませんか」

「それは家のためだろう？　リヒト様の呪いでアリエラは死にかけた。そうだろう!?」

「無理矢理なんかじゃないんです、わたしがリヒト様のそばにいたいのです」

も無駄なんだ」


『リヒト様のお顔は呪いで醜く爛れ、見た者はあまりの醜さに倒れる』


世間に知られる噂では確かにそうなっている。

だからわたしが醜いと叫び倒れたなら、それはリヒト様のお顔を見て倒れたということになる。

(倒れたのは、リヒト様のお顔を見たからなのは事実だけれど、醜くなど、決してないのに)

なぜお顔が呪われたことになっているのだろう。以前のまま、いや、肖像画に描かれた姿より歳を重ねて一層お美しくなっている。

わたしと過ごすことによって呪いが緩和したわけでもない。髪は漆黒のままなのだから。

リヒト様は確かこういったはずだ。『醜いと思い込むんだ』と。

(お顔を見られてはならない、もし見られたなら醜いと思われないとならない理由がある？)

考えても今すぐに答えは出そうにない。

けれど今はセリオットお兄様を説得するのが先だ。このままではリヒト様に会えないまま離縁させ

られてしまう。

「お兄様。いろいろと、誤解があるようです。これは夫婦の問題です。わたしとリヒト様は始まりはどうあれ、夫婦なんです。だから、リヒト様に会わせていただけませんか」

「……呪いで、命を落とすかもしれないのだよ？」

わかっている。

あの時、もしもリヒト様の言う通りに醜いと叫ばなかったら、わたしの身体はすべて氷の花に覆いつくされていたのだろうから。生きたまま指先から凍りついて感覚が消え失せていくのは、考えただけでも怖い。できることなら、二度と体験したくない。

目をそらさず見つめ続けるわたしに、お兄様が折れた。

「リヒト様は、いまは城内にはいらっしゃらないよ。ファミルトン公爵家に戻っている。そばにいると、呪いが強まる可能性があるそうだ。……あぁ、はっきり聞いたわけじゃないよ？　けれどね、彼の態度を見ていればわかる。決してアリエラを無視して置いていったわけじゃない。時間も時間だし、行くのは明日にしなさい。それまで、離婚の手続きは止めておくから」

「お兄様、ありがとうございます……っ」

涙ぐむわたしの頭を、セリオットお兄様は優しくなでてくれた。

◇◇◇◇◇◇

次の日。

わたしはすぐに転移魔法陣を使用させてもらい、ファミルトン公爵家へ帰宅した。

「奥様、事情は伺っております。王城で本棚が倒れてきたとか。お身体はもう何ともありませんか」

魔法陣から公爵家についた途端、執事のセバスチャンが心配げに尋ねてくる。どうやらお城から連絡が行った後、ずっとここで待機してくれていたようだ。

「えぇ、もう何ともありません。心配をかけてごめんなさいね。リヒト様はまだお部屋かしら？」

「……いえ、奥様と入れ違いに城へ向かわれました」

一瞬の間があったのは何だろう。

わたしが戻ることはファミルトン公爵家に伝えられていたはずなのに、リヒト様は何故王城へ？

不安が押し寄せてくる。

でもいまから王城へ戻ってリヒト様に会うのは難しいだろう。朝食を一緒にとれるほど早めに城を出たから大丈夫だと思ったが、入れ違いになってしまったのなら仕方がない。

(わたしの無事は伝わっているのだもの。大丈夫よね……？)

凍りつくわたしよりもよほど辛そうだったリヒト様のお顔が思い出される。

何ともないわたしの姿を見て安心してもらいたかったが、帰宅するまでこちらで待った方がよいだろう。

(流石に、禁書庫には当分は入れないでしょうしね)

対外的には本棚が急に倒れてきたことになっているのだ。

立ち入り禁止になるのが当然だろうし、すべての本棚が安全か調べるには数日かかるはずだ。

そうなると、城へ行っても手持ち無沙汰だ。禁書庫ではなく普通の図書館なら入れるかもしれないが、めぼしい情報はないだろう。ファミルトン家の図書室では言わずもがな。

(あ、でも。花祭で作り出す魔法の花については普通に読めるわよね？)

王妃様が言っていた。

今年は、リヒト様も花祭に出てくれるかもしれないと。

リヒト様が出るなら、当然わたしも一緒に出席することになるだろう。

王城のバルコニーから、王族が一斉に魔法の花を作り出して空から街へ降り注ぐのだ。あの美しい光景を、今年はもしかしたらわたしも作り出す一員になるかもしれない。

(ちょっと、待って)

大変な事実に気がついた。

わたしが、魔法の花を降らせる？

そんなことができる？

一気に血の気が引いてきた。

「奥様、やはり顔色が悪いようです。すぐにお休みになられてください」

青ざめるわたしに勘違いしたセバスチャンは、すぐさま部屋に連れて行こうとする。

「あぁ、いえ、誤解なのよ、ちょっと考え事を……」

「なりません。私はリヒト様にアリエラ様のことを頼まれております。アリエラ様に何かあったら、合わせる顔がございません。さぁ、お部屋にお戻りください」

有無を言わせぬ表情でセバスチャンが迫ってくるので、わたしはしようがなく自分の部屋に向かう。

「必要なものはすべて部屋にお持ちいたします。いいですか、奥様。絶対に、どうかご無理はなさらぬように」

セバスチャンの眼鏡がキランッと光ったような気がした。

これはもう、確実に部屋の前に見張りが立つ流れだ。

心配をかけたいわけではないし、リヒト様には夜になれば会える。大人しくしているしかない。けれど本くらいは読ませてもらえるだろう。

「そうしたら、花祭の魔法の花について書いてある本が、もしファミルトン家の図書館にあったら、持ってきていただけますか？　読書くらいなら、問題ないでしょう？」

「……確かに、読書ならそれほどご負担もかからないでしょう。ファレドにお飲み物と共に届けさせます」

よかった、本は読ませてもらえそう。

（流石に、花祭の当日に魔法の花が出せないだなんて言えないものね）

わたしに扱えるのは治癒魔法だけだけれど、魔法の花は作れるのかどうか。

そこからの確認になるのだけれど、いま思い出せてよかったと思う。できなかった場合は事前にそのことを王家に連絡できるし、できる場合は皆と一緒に花を作り出せる。事前準備は大事だ。

（リヒト様からも花の出し方を教えていただけるかもしれないしね）

十年前まではリヒト様も花祭で魔法の花を撒《ま》いていたはず。魔力をどう扱えば花ができるのかもご存じのはずだ。遅くとも夜には戻られるだろうから、それまでに本で学んで出せるように試してみよう。

少ししてファレドさんが何冊か花祭に関する本と、紅茶を淹れて持ってきてくれた。

お礼を言って受け取り、早速本のページをめくる。

ほんの数ページめくっただけで、目的の魔法の花が出てきた。

属性によって色合いも変えることができるらしい魔法の花は、治癒魔法でも作ることはできそうだ。

それほど難しくはなさそうだし、数日練習すれば作り出せるだろう。

美麗な挿絵付きでわかりやすそうだけれど、ふと、どこかで見た気がして首を傾げる。

(魔法の花は花祭で降り注ぐのだから見たことがあるのは当然なのだけれど……)

何か引っかかる。

挿絵をなぞる指先を見て、どくりと心臓が跳ねた。

(これ……わたしが凍り付いた時の花じゃ……)

リヒト様のお顔を見た時に指先から凍り付いて。

その時、氷の花が指先から咲いたのだけれど、その花によく似ているように思える。

半透明の白い花弁、周囲を彩る雪の結晶。

魔法の花は触れても問題のない花だ。そうでなければ花祭で降らせるようなことはない。だから、無関係であるはずだ。

ふーっと息をついて、心を落ち着ける。

自分では何ともないと思っていても、少し神経質になっているようだ。

指先に意識を集中して、魔法の花を想像する。

挿絵があるおかげで視覚化しやすい。指先に淡い白い魔力が溜まってゆく。ゆっくりゆっくり花を想像すれば、とても小さな、けれど魔法の花が指先に出現した。

なるほど、治癒魔法の場合は淡い白で、周囲にふわふわと蛍のような光が舞うらしい。指先で摘まんでテーブルに置いてみる。すぐに消えることはなさそうだ。

以前見た花祭の時は赤い花弁に炎の粉が舞い散っていた。きっと火属性で作り出したのだろう。

花祭で王族の皆が舞い散らせたような大量の魔法の花を作り出すことはまだ難しいが、すぐに消えないのなら事前にある程度作っておいて、それを一緒に舞い散らせれば解決しそうだ。

いくつか大きさの違う魔法の花を作ってみて、消える時間を調べておこう。

（リヒト様の魔法の花は、何色になるのかしら）

魔術の才能があるリヒト様なら、何属性でも自由に扱えそうだ。帰宅されたら、すぐに聞いてみよう。

（呪いのことなんかよりも、花祭のことの方がきっと喜んでいただけるでしょうし）

わたしが何ともないことは、お会いさえすればわかることだ。

ならば無理にその話題に触れることよりも、一緒に過ごせるかもしれない花祭について話したい。

——なぜ、リヒト様が入れ違いに王城へ向かってしまったのか。

その小さな違和感に蓋をして、わたしは、リヒト様の帰宅を待ち続けた。

◇◇◇◇◇◇

（今日も会ってはくださらなかった……）

自室に一人閉じ籠もり、わたしは泣きたい気持ちになる。

わたしが目を覚ましてから今日で三日目だ。

三日前、リヒト様は入れ違いで王城へ向かってしまい、お会いすることができなかった。

魔法の花を作りながら夜になるのを待っていたが、結局リヒト様はご帰宅なさらなくて。

次の日の朝も入れ違いで、夜はまた王城で過ごされた。

当然、毎朝お約束していた食事の席にも現れてはくださらない。

事情を知る屋敷の使用人達もこぞってリヒト様の意向に沿うものだから、泣きたくなる。

良好な関係を築いていけていると思っていたのに。

『アリエラ様のためなのです』

セバスチャンもファレドもその言葉を繰り返すばかりだ。

以前と同じように、むしろ以前よりも気遣ってくれている。それはつまり、リヒト様はわたしを大切にしてくれているということなのだけれど。

(事情があるなら、話してもらいたいわ)

呪いが原因なのだとは思うが、少しも会えない状態ではどうにもできない。

けれどリヒト様に離れに住むように告げられた時に言ったはず。一生会わずに過ごすことなんてできないのだと。

わたしは魔導ランプに明かりを灯し、そっと部屋の扉を開ける。

随分長いことわたしは悩んでいたようだ。

薄暗い廊下には人の気配はない。先程リヒト様が戻られたことは使用人達の動きでわかっている。

少しばかり身体が震えるのは、ひんやりとした空気を感じてだろうか。

誰に会うこともなくすぐにたどり着いてしまったリヒト様の部屋の扉は、まるでわたしを拒むかのように重苦しく感じられた。

ノックをしても、中から反応はない。

「リヒト様、どうか、話してくださいませんか？」

わたしはリヒト様の部屋の前で声をかける。

手にしたランプの明かりは心許なく揺れ、闇に染まった廊下にわたしの影を揺らめかせた。

リヒト様が部屋にいるのはわかっている。

「リヒト様、わたしは無事です。ですから、どうか、出てきていただけませんか？」

人の気配がしているのだ。

寝ているわけでもないと思う。

使用人達が話しているのを聞いてしまったのだ。

わたしが倒れたあの日以来、リヒト様はまともに睡眠をとることができず、リヒト様の方が今にも倒れてしまいそうだと。

それなのに過剰なまでに王城に赴き仕事をしていらっしゃるのは、わたしを避けるため？

無事なことをわたしの口から伝えても部屋から出てきてくださらないのは、なぜなのか。

長い、長すぎる沈黙はリヒト様により破られた。

「…………離縁、しよう」

「リヒト様？」

部屋の中から聞こえてきた言葉に、わたしはびくりと肩を震わす。

一番、聞きたくなかった言葉だ。

この扉を開けてほしい。

わたしに会ってほしい。

扉のすぐそばで、リヒト様の気配を感じるのに。

「アールストン家への支援は、今まで通り行う。王家からではなく、私からの支援となるが、王家からの支援と遜色ない待遇を約束する。アールストン家の家族のことも、君の今後のことも、安心してほしい」

リヒト様の声は淡々としていて、付け入る隙がない。

けれどそんなことを聞きたいのではないのだ。

「リヒト様、話を聞いてください。わたしは……っ」

「これは決定事項だ。部屋に戻りなさい」

今まで聞いたこともないくらい冷たい声音に、泣きたくなる。

でも。

わたしは、ぐっと口を引き結ぶ。

(ここで、引く気はありませんよ……!)

「……あ。指先が、冷たく……氷?」

「アリエラ!?」

勢いよく扉が開き、わたしは一歩後ずさる。

仮面をつけていてもわかる。はっきりと青ざめたリヒト様が、わたしの手を乱暴に掴む。

「凍りついてきたのか!?　くそっ、離れれば無効じゃないのか！　……いや、冷たいが凍ってはいないな？」

「えぇ、今夜は冷えますから。氷のように冷たいだけですわね」

「…………よかった」

わたしが嘘をついたことを怒りもしない。

握りしめた手を離すこともなく、そのまま抱きしめられた。わたしの安全だけを考えてほっとなさる姿に、本当によい方なのだとしみじみ思う。

そんなリヒト様を騙してまで、わたしは彼に会いたかった。

姿を見たかった。

そして――――これからわたしは、告げなければならない。

「リヒト様。貴方に呪いをかけたのは、シロコトン王国の王女トルティレイ姫様、ですね？」

リヒト様の青い瞳が驚愕に見開かれる。

すぐに手を引かれ、部屋の中に引き込まれる。銀の仮面を押さえる左手がわずかに震えているのがわかった。

やはりリヒト様は起きていらしたのだろう。

テーブルの上には呪いに関する書物が積まれている。

呪いの範囲とその効果について書かれている書物は、わたしも読んだばかりだから覚えている。

(やはり、呪ったのは王女なのね……)

リヒト様の行動でわたしは確信する。

だって、どう考えてもおかしかったのだ。

呪いは、解けなくても術者に返せばいい。

それだけの力がランドネル王国にはある。

なのに返すことができないのは、その術者が返せない、返してはいけない相手だからではないのか。

そもそも、リヒト様は王族だ。

おいそれと呪える相手ではない。

けれど、もしも呪った相手が同じ王族であるならどうだろう？

すぐそばにいることができたはずだ。

隙を見て、呪うことも容易いだろう。

ただ、理由が一切わからない。

こんな、リヒト様を凍らせるのではなく、おそらくそのお顔を美しいと思った相手を氷漬けにする呪いなど、何の意味があるのか。

「散らかっていてすまないね。そこに座って」

リヒト様に示された椅子に腰かける。

向かいの席に座るリヒト様は、深いため息を零した。

「アリエラはどこまで知っているんだい？」

「恐らく、何も知らないと思います。ただ、辻褄《つじつま》を合わせようとすると、そうとしか思えなかったのです」

「トルティレイ姫が呪ったと思えた理由は？」

「強いて言うなら、勘、でしょうか……」

わたしはいつも、比べられていた。

同じアッシュグレイの髪色と、同じ榛色の瞳を持つトルティレイ姫と。

引きこもり王女と没落聖女。

同じ無能者と笑われたのは一度や二度じゃない。

だから彼女の名前はいつでも心に残っていた。

王女でありながら魔力を扱えず、引きこもりであるという噂の彼女は、十年前はこの国の花祭に参加していたのだ。少なくともその時までは人前に姿を現していたということになる。

なのになぜ、引きこもりになってしまわれたのか。

そしてわたしが凍り付いたときに咲いた氷の花。

あれは、花祭の時に作り出される魔法の花に酷似していた。

手のひら半分にも満たない小さな花は五枚の花弁がすっと細いのが特徴的だ。凍り出したわたしの指先から腕を覆いつくした氷の花は、同じ形をしていたのだ。

十年前の花祭に呪われたリヒト王子。

そして引きこもりになってしまったトルティレイ姫。

この二つを関連づけるのにそう時間はかからなかった。

でもそれはわたしが思っただけのことで、証拠なんてない。だから勘としか言いようもないのだ。

「そうか……」

「あとはそうですね、リヒト様の呪いが言われている噂とはまったく別のものだということぐらいでしょうか。お顔は本当は何ともないのですよね？」

禁書庫で見たリヒト様のお顔は傷一つなかった。

醜いと叫ばされたのは、美しいと思うことが不味いのだと理解できた。

おそらく、呪いはリヒト様自身にではなく、リヒト様の美しさに見惚れた相手に対して発動するのだ。だから、リヒト様はお顔を隠した。徹底的に異性を遠ざけ、呪いの被害を出さないように努めていた。

「あぁ、顔はね、見ての通り何ともなかった。呪われた証しに髪は黒く染まったけれどね。王女は、トルティレイ姫は私を呪おうとしたわけではなかったんだ……」

◇リヒト視点・十年前の出来事◇

いまでも夢に見る。

十年前の花祭。

あの日、あの時、あの場所で。

何か一つでもずれていたなら起こらなかっただろう。

どうしてあげたらよかったのか、いまでもわからない。

けれどあの時、私はただ彼女を抱きしめてあげることしかできなかった――。

◇◇◇◇◇◇

「花祭にシロコトン王国から三人も姫君がいらっしゃるのですか」

父上の前に呼び出された私は、意外なことだと目を見張る。それは兄上達も同じだったようで、一緒に首を傾げていた。

「そろそろ、リヒト達にも婚約者候補をと思ってな」

当たり前のように言われた言葉に、思わず声を出しそうになるがぐっとこらえる。

ランドネル国では幼少期から婚約者を持つ者が少ない。いくら政略であり家同士の繋がりを求めた結婚とはいえ、夫婦仲が冷めていれば繋がりも形だけのものとなりかねないからだ。

近年は自由恋愛も多くなり、結婚適齢期まで婚約者を持たない貴族も増え出した。

長兄のガーゼルクは王太子ということもあり貴族令嬢はこぞって彼に狙いを定めていて、私や次兄のロットア兄上にもまだ婚約者はいなかった。

ガーゼルク兄上にも婚約者がいないのは、あまりにもご令嬢に迫られ過ぎて、女性不信気味になっているからだ。

『……お前も、体験してみるといい。体調が悪そうなご令嬢を介抱しようとしたら、空き部屋に連れ込まれて抱きしめられる恐怖を』

王城で兄が一人で通るタイミングを見計らって具合の悪そうなご令嬢が現れ、既成事実に持ち込まれかけたとか。常に護衛騎士がそばにいるのだが、一瞬の隙を突かれたらしい。

「あなた達も、先代の話は聞いているでしょう。シロコトン王国には我が国から王女と王子が嫁いでいるの。だから当代では、あちらから姫君を娶ることになっているのよ。もちろん、相性というものがあるのだから、無理強いはしないわ。縁があればという話なのよ」

母上が捕捉する。

有名な話だ。

隣国の辺境伯が父上の妹、つまり私にとっての叔母に一目惚れをして口説き落とし、妻として娶《めと》った。そして次の年には、父上の弟である私の叔父がシロコトン王国の王女といつの間にか恋仲になっており、王女が治める隣国の伯爵領へと入り婿《むこ》になっている。

当人同士の間に確かな愛があるものの、同等の立場であるはずの我が国から王子と王女が同じシロコトン王国に嫁いだのだ。ランドネル王国の貴族たちの反発は強かった。属国でもないのにと。

せめてシロコトン王国の辺境伯か姫がランドネル王国に嫁いでいたら違ったのだろうが、辺境伯はその立場上こちらの国に婿入りの形をとることが困難だった。

王女は王女で、身体が少し弱く、気候の違うランドネル王国で過ごすには健康面が懸念されていた。

王女が下賜された伯爵領は小さいながらも穏やかな気候で療養に適した土地だった。

そういった事情なのだが、わだかまりは残った。

だから今回の姫達との顔合わせで婚約が決まれば、そのわだかまりも消えるだろう。

「ユリエット姫は、リヒトを希望しているんですよね？」

「ええ、わたくしとしてはガーゼルクとが良いと思っていたのだけれど、リヒトの肖像画を見てユリエット姫は興味を持っていたらしいわ」

あからさまにガーゼルク兄上がほっとした表情を見せた。本当に女性が苦手らしい。

確かユリエット姫が十六歳で、ローゼア姫は十四歳。その下の初めて名前を聞くトルティレイ姫は七歳とのことだから、ユリエット姫さえ回避できればガーゼルク兄上は婚約を回避できるだろう。

「ロゼ……ローゼア姫もリヒトを希望なのですか!?」

普段大人しいロットア兄上が珍しく声を上げた。

おや、と思う。

気のせいか、ロットア兄上の首筋が赤い。

「いいえ、違うわ。彼女と、トルティレイ姫は花祭を楽しみたいとのことよ」

母上も何かに気づいたのか、微笑ましいものを見る目でロットア兄上を見つめている。

(そういえば、ロットア兄上はシロコトン王国に何度も訪れていたね)

外交も遊学もあったはずだ。姫君たちに会う機会もあっただろう。

「そ、そうですか。なら、いいんです……」

ガーゼルク兄上とは別の意味でほっとしているのがわかって、私もほっとする。兄と婚約者候補を取り合うなどごめんだ。

私か兄がシロコトン王国の王女を娶ればいいだろう。

そんなことを思いながら、花祭を迎えたのだが――。


「思った通り、素敵な方………」

花祭の前日。

シロコトン王国のユリエット姫は、顔合わせであるパーティーの席でそう呟いた。

その目線は私――ではなく、ガーゼルク兄上を見つめている。

(まさか……)

そっと母上を見ると、母上も目配せしてくる。

『まさかとは思うけれど、肖像画が入れ替わっていたのではなくて?』

『そうだと思います。今初めて見たのではなく、思った通りだと』

目線だけでそんな会話を交わし、ユリエット姫とガーゼルク兄上を見る。

こんな熱い眼差しで見つめられては、女性が苦手な兄上の顔色が悪くなるのではと懸念した。

王族であるので表情を隠すことには長けているが、相手も王族。微妙な表情の機微に気づかれては不味い。

けれどそんな私の懸念とは無関係に、兄はユリエット姫に微笑んだ。

「初めてお目にかかります。ランドネル王国王太子ガーゼルク・ランドネルです」

「ガーゼルク様？　リヒト様ではなく？」

「リヒトは弟です」

「初めましてユリエット姫。リヒト・ランドネルです」

ガーゼルク兄上に促されて挨拶をすれば、ユリエット姫はその空のように青い瞳を大きく見開いた。

「まぁ……わたくしとしたことが大変失礼いたしました。ガーゼルク様、ロットア様、そしてリヒト様。花祭にお招きくださり、ありがとうございます」

ユリエット姫に倣《なら》って、ローゼア姫とトルティレイ姫がカーテシーをする。

この後は私がユリエット姫をエスコートし、ロットア兄上がローゼア姫を、そしてトルティレイ姫をガーゼルク兄上がエスコートする予定だった。

けれどユリエット姫をガーゼルク兄上がエスコートすることになった。

ローゼア姫は変更なくロットア兄上がエスコートし、そしてトルティレイ姫を私がエスコートする。

（小さいな）

私がトルティレイ姫に対して最初に思ったことはそれだった。

アッシュグレイの癖っ毛と、榛色の瞳が愛らしい姫君は、年齢の割にずいぶんと小さく感じた。恐る恐る私の手を取る彼女は、緊張のためか青ざめ、震えてもいるようだ。

声を出すのも恐れているようで、最初の挨拶以外の言葉を彼女から聞いていない。

子供だからだろうかとも思ったが、その疑問はすぐに解けた。

花祭用の花びらが彼女の髪についていたので取り除こうと手を挙げた時、彼女がびくりと怯えたのだ。悲鳴を出さずに声を必死に押し殺して。

(これは……虐待されている子の反応では)

貴族の務めとして、孤児院への訪問がある。

大抵は事前に連絡を入れておくのだが、不意打ちで訪れることもある。劣悪な環境の孤児院を見過ごさないためだ。

そんな時に出会った虐待されている孤児と、トルティレイ姫の反応は全く同じだったのだ。

——声を出して泣いてはいけない。

——もっと、激しく殴られるから。

怯えた孤児たちが言っていた言葉が思い出された。

すぐに誰に虐《しいた》げられているのか確認したかったが、ここはパーティー会場だ。この場で聞いていいことではない。

だから私は堪えて、これ以上、彼女を怯えさせないために笑顔を作る。

「ほら、髪に花びらがついていたよ」

何も気づかなかったふりをして、花びらを取って見せる。

「は、花びら……」

小さくか細い声は、殴られなかった安堵が滲んでいて、痛々しい。

「そう。ほら、ケーキにも飾られているでしょう。明日からの花祭では、たくさんの花が見られますよ」

トルティレイ姫が食べやすいようにケーキを小さく切り分けて、取ってあげる。

「美味《おい》しい……」

ふんわりと微笑む顔が可愛らしくて、できればこの花祭の間に彼女の憂《うれ》いをなくしてあげられれば、と思った。

「ふむ……魔力が上手く扱えないためなのか……」

パーティーの次の日。

私は即座にトルティレイ姫について調べた。

結果は、王族でありながら魔力が上手く扱えず、初歩的な魔法を使うこともできないことがわかった。

三人の姫達は仲が良さそうだったが、上の二人は正妃の、トルティレイ姫は側妃の娘。しかも側妃は王の寵愛が深いともいえず、美しくはあるものの身分も低い。

そのためか、他の王女や王子からもトルティレイ姫は蔑まれているらしい。

特に姫達からの嫌がらせは酷いようだ。母親の美しさを受け継いだ彼女は、落ち着いた髪色と瞳で幼いながらもとても整った顔立ちをしている。

そういったこともあり、シロコトン王国から王女達についてきている侍女達の態度は、ユリエット姫やローゼア姫に対するものと、トルティレイ姫に対するものとで違ってもいた。

もちろん、他国までついてくる侍女達だ。きちんとした礼儀と教養を身に着けた者達ばかりだろうし、あからさまな差別などはしていなかった。

トルティレイ姫は身だしなみも何もかも整えられていたが、それだけだ。

親身になって世話をする侍女はいなかった。

彼女の世話に当たっていたのはユリエット姫とローゼア姫の侍女達で、トルティレイ姫の侍女は一人もいない。

シロコトン王国でトルティレイ姫を気にかけているのは、ユリエット姫だけらしい。

ランドネル王国へは花祭を見に来るという名目で私との、正確には私だと思っていたガーゼルク兄上との顔合わせだ。

そこに幼いトルティレイ姫をわざわざランドネル王国にまで一緒に連れてきたのは、ユリエット姫がシロコトン王国を長期不在にしている間に、トルティレイ姫が虐げられる可能性を排除したかったようだ。

花祭を見せて、楽しませてもあげたいようで、小さく幼い彼女を腕に抱きあげて見えづらい窓の外を見せてあげたりもしていた。

明るく物怖じしない性格のユリエット姫は、面倒見も良い。

妹のローゼア姫とトルティレイ姫を同じように扱っているし、とても気にかけている。侍女達もユリエット姫がいるときはトルティレイ姫への対応が丁寧《ていねい》だ。

(魔力の扱いなら、私でも教えることができるのでは？)

魔力がない人間に魔法を使わせることは困難だが、トルティレイ姫に魔力はある。王族ということを考えると、母親の身分を差し引いても高い魔力があると見ていいと思う。

シロコトン王国でのトルティレイ姫の待遇について、こちらから口を出すことはできない。けれど魔力さえうまく扱えるようになれば間違いなく状況は変わるだろう。

「リヒトさま……」

昨日一緒にケーキを食べたのが嬉しかったのか、トルティレイ姫が私を見つけて微笑んだ。

「あら、トリィはもうリヒト様と仲良くなったのね」

「彼女を私に預けてもらっても？」

「えぇ、もちろんです。トリィは今日はリヒト様と過ごすといいわ」

「はい、おねえさま」

おずおずと、それでも嬉しそうに、トルティレイ姫は私を見上げてくる。ふわっと遠慮がちに微笑む様子が愛らしくて、抱き上げた。

（軽いな………）

その身体の小ささと細さなら当然なのだが、あまりにも軽く感じた。

我が国では一夫一妻制で王であっても側妃は持たない。正妃が子を望めない場合は血縁者の中から養子を取る。

シロコトン王国では側妃は貴族であれば認められている。

今代の王は先代に引き続き多くの側妃を持っているらしい。身分の低い母から生まれたトルティレイ姫は果たして食事をきちんととれているのだろうか？

ユリエット姫がいくら気にかけているとはいえ、正妃の娘と側妃の娘。目が行き届かない面もあるだろう。

花祭を見せながらでも、トルティレイ姫には魔力の扱いを急ぎ教えなくてはと思う。

彼女の境遇を改善するには、今はそれしかないだろう。

私は花祭を楽しませる合間合間に魔力の扱いを織り交ぜ、教えていった。

「ゆっくりと、私の魔力を感じてみて。魔力はね、怖いものではないから」

王族でありながら魔力を上手く扱えないことに悩んでいたトルティレイ姫の手を握り、私はゆっくりと自分の魔力で包み込む。

そうしてわかるのは、やはりトルティレイ姫は魔力がないわけではないということ。

触れてみると、むしろその魔力量は三人の姫の中で一番多く思われた。

けれどそのせいか、自分の内に渦巻く魔力を無意識のうちに恐ろしいものと捉え、だからこそうまく扱うことができていないようだ。

「何かね、怖いものが、身体の中にあるの。それが動く感じがするの……」

魔力を使おうとすると、トルティレイ姫の中で魔力が蠢く感じがするようだ。

慣れればどうということのない感覚で、意識しなければ気づかないぐらいのものだが、大きすぎる魔力ゆえにその動きも大きいのかもしれない。

見えないものが身体の中で動くのだ。

幼い姫には怖いのも頷ける。

それならと、私は彼女の手を包み込む魔力に色をつける。途端に、金色の魔力が生まれ、キラキラと輝く。

姫は驚いたように私を見上げた。

「怖い？」

「……ううん、とても、きれいに感じるわ」

榛色の瞳に安堵《あんど》を浮かべ、私を見上げるトルティレイ姫の頭を撫でる。怯えることなく嬉しそうに目を細める彼女に私も嬉しくなる。

私には妹がいなかったから、妹がいたらこんな感じだろうかと思っていた。

どんどん私に心を開き、懐いてくれるのが愛らしかった。

――それが、悲劇につながるとは気づきもせずに。


毎日のようにトルティレイ姫と過ごし、彼女に魔力の扱いを教える。

花祭が終わりに近づく頃には、姫も大分魔力を扱えるようになっていた。

自分の手の平の上に氷の花を咲かせ、トルティレイ姫が笑う。

「わ、花が、咲いたわ！」

一枚一枚の花弁が細いのは、花祭で飾られている魔法の花のイメージだろう。

街の中はもちろんのこと、ランドネルの王城も花で彩られている。

特に魔法の花は一度作ればすぐに枯《か》れることがなく、いたるところに飾られている。花祭の時期にこの国に来たなら常に目にするのが魔法の花だ。

「ユリエットおねえさま、氷の花が咲きました！」

ガーゼルク兄上と庭を散策していたユリエット姫に、トルティレイ姫が駆け寄る。

「あっ」

躓《つまず》いて転びかけたトルティレイ姫を、兄上が無言で抱き止める。

そんなトルティレイ姫に苦笑しながら、ユリエット姫が抱き上げた。

「ほらほら、慌てないの。氷の花は、トリィが作ったのかしら」

「そう！　リヒト様が教えてくれたの。わたくしも魔法が使えるようになったわ！」

トルティレイ姫が魔法を使えるようになったのを見て、ユリエット姫も心底嬉しそうに微笑む。そんな彼女をガーゼルク兄上は真剣なまなざしで見つめている。

（女性不信の兄上が、本当に珍しい）

ユリエット姫は他の令嬢と違ってさばさばとしている。

なんというか、女性にこんなことを思うのは失礼かもしれないが、見た目は太陽のように明るく魅力的で人目を惹《ひ》く美しさだというのに、性格が男性的というのだろうか。

だから、兄は惹かれずにはいられないのだろうなと思う。

私の婚約者候補としてこの国に訪れたユリエット姫だけれど、肖像画の名前が間違っていてよかった。

もしも最初からガーゼルク兄上の婚約者候補として来ていたら、兄上は他の令嬢と同じように最初から色眼鏡で見てしまい、きっとこんなふうにうまくいくことはなかっただろうから。

「他の魔法も使えるようになったの」

にこにこと微笑みながら、トルティレイ姫がユリエット姫の腕の中で手を上げ、小さな吹雪を作り出す。その後、柔らかな風に変え、周囲に散る花びらを浮き上がらせて舞い踊らせる。

彼女の魔力は氷との相性が良くて、氷をイメージすると上手くいくことが増えた。

氷そのものでなくとも、関連の深い雪や吹雪などがそうだ。

今回も最初から風をイメージするのではなく、先に吹雪を作り出してから風を作っている。

一度氷を作らねばならないので効率は悪いが、慣れてくればその工程を飛ばして最初から望み通りの魔法を使えるようになるだろう。

そうなると、側妃の娘であり出来損ないの姫として粗末に扱っていた侍女達の対応もよくなってくる。

現にこちらに着いたばかりの時はトルティレイ姫は部屋でぽつんと佇《たたず》んでいたが、今日迎えに訪れた時には二人の侍女がついていた。

正妃の娘であるユリエット姫やローゼア姫の足を引っ張るだけの存在ではなく、役に立つ姫になりえるからだろうか。

「まぁっ、トリィったら、本当に良かったわ。リヒト様のおかげね。リヒト様、この子はずっと魔法が使えなくて苦しんでいたのよ。なのにこんな短期間で魔力が扱えるようになるなんて……妹を本当にありがとう」

「……私でも教えることはできたと思うが」

私にお礼を言うユリエット姫に、唐突に兄上が口を挟んだ。

ユリエット姫と二人で、兄を見る。

ガーゼルク兄上はばつが悪そうに「いや、今後はだな……」と言い直した。

（これは……まさか嫉妬されている？）

兄上がユリエット姫に惹かれているのは薄々気づいていたけれど、まさか私に嫉妬《しっと》するほどだとは思わなかった。

けれどそれも仕方がないことかもしれない。

もともとは私の婚約者にと言われていたのだから。不安になるのも無理はない。馬に蹴《け》られる前に退散するべきだろう。

私はトルティレイ姫をユリエット姫から受け取って抱き上げ、二人の前を後にする。

花を見ながら回廊を二人で歩いていると、ロットア兄上とローゼア姫の楽しそうな笑い声が聞こえてきた。

そちらに視線をやれば、中庭のガゼボで寄り添っている二人が見えた。

（ローゼア姫とロットア兄上も仲睦《なかむつ》まじいらしいね）

遊学中にローゼア姫と面識のあったロットア兄上は、恋人とまではいかなくとも、友人よりは近しい、そんな間柄になっていたらしい。

だからこそ、花祭に三人の姫が婚約者候補としてランドネル王国に来ると聞いて、珍しく焦っていたようだ。

ガーゼルク兄上とロットア兄上の二人がシロコトン王国の正妃の姫二人と婚姻を結ぶのは、通常なら困難だった。

けれど先代のことがあるから、今代でなら、二人の婚姻は歓迎されるだろう。

「……金髪が、リヒトさまも好き？」

二人を見ていたからか、トルティレイ姫が不安そうに見上げてくる。

「金髪？」

「うん」

言いながら、トルティレイ姫は自分のアッシュグレイの癖っ毛に触れる。

（姉姫達と色が違うのが気になるのかな）

正妃の娘であるユリエット姫とローゼア姫は、陽の光を集めたような華やかな金髪だ。癖っ毛なところはトルティレイ姫と同じだけれど、アッシュグレイの落ち着いた髪色は、トルティレイ姫にとっては不安なものなのかもしれない。

「私はそうだね、金色の髪も美しいと思うけれど、トルティレイ姫のような柔らかな色合いもとても好ましく思うよ」

「ほんとう？」

「本当だよ。綺麗な髪だと思う」

「嬉しい！　でも、リヒトさまのほうが、もっときれい」

「私が？　それは、ありがとう」

「絵本の中から抜け出したみたい。本物の王子さま」

ふふっと笑うトルティレイ姫の瞳からは、初日に見た悲しげな色合いはきれいに消え去っていた。

笑顔が増えていく姫を見ていると、私も嬉しくなる。

そうして、花祭の最終日。

運命の日。

花祭の最終日に相応しく、髪とドレスに魔法の花をあしらったシロコトン王国の姫君達は、花の精霊であるかのように華やかで美しかった。

トルティレイ姫も、普段は下ろしているだけだった髪を複雑に編んでアップにし、髪とドレスに氷で作った魔法の花をあしらっている。

氷の花を作れるようになったのはランドネル王国に来てからだから、彼女のドレスに飾り付けたのは侍女達ということになる。

つまり忙しい合間をぬって、本来しなくてもよい作業をしてでもトルティレイ姫を着飾ったということだ。ランドネル王国に来た当初よりも大事にされるようになったのが見て取れる。

やはり魔力の扱い方を教えて良かった。

シロコトン王国に戻っても、今までより格段に待遇が良くなるだろう。

「魔法の花が出せるのなら、トリィもバルコニーで一緒に魔法の花を降らせるのはどうかしら」

ユリエット姫が私達に尋ねる。

もともと、ユリエット姫とローゼア姫はランドネル王国の王族と並んでバルコニーから魔法の花を降らせる予定だった。

だからそこにトルティレイ姫が混じっても何も問題はない。

「……できる、かな……？」

榛色の大きな瞳を不安げに揺らす彼女に、私は安心させるように微笑んで頷く。

「できるよ。毎日頑張ったでしょう。沢山《たくさん》出す必要はないから、無理のない範囲で、やってみよう？」

「うん！」

嬉しそうに頷くトルティィレイ姫は、私とユリエット姫の間に立つことになった。

バルコニーから、城下の花祭を眺める。

城門から城までの目抜き通りを踊り子と楽団のパレードが見える。

もともと花が多い街並みだが、花祭の飾りつけでより一層華やかだ。

花々の香りで空気は甘く香り、色鮮やかな花々は心を浮き立たせる。

手を繋いで城下を眺めているトルティィレイ姫は、初めて見る光景に瞳を輝かせた。

「花祭はどう？　楽しめている？」

「うん！　大好き！」

私がそう聞けば、トルティィレイ姫はにっこりと笑って頷く。

王城のバルコニーから見下ろす花祭は、踊り子たちの振り撒く花びらが空を舞って、それはそれは美しい光景だった。街中が花で溢れている。

楽団の奏でる曲が変わる。

魔法の花を振り撒く合図だ。

「さぁ、一緒に花を贈ろう」

トルティィレイ姫に声をかけると、小さな手で氷でできた魔法の花を次々と作り出す。

雪の結晶をまとわせた氷の花は、陽光に煌《きら》めいて宝石のようだ。

魔導師が作り出した風に乗り、私たちが作った魔法の花は次々と街へ飛んでいく。

花吹雪と魔法の花で、街は埋め尽くされる。

「できた、できたわ！」

「沢山作れたね」

無邪気にはしゃぐトルティレイ姫は、こちらが思うよりも多くの魔法の花を生み出していた。

「本当にリヒト様と仲が良いわね」

側で見ていたローゼア姫が、意外だというようにトルティレイ姫を見下ろす。

「だから言ったでしょう？　トリィは本当に笑顔が可愛いのよ」

「いつも泣きそうな顔をしていたから、笑っている顔が見られて嬉しいわ」

二人の姉姫にも喜ばれて、トルティレイ姫は頬を赤らめる。

けれど次の言葉を聞いた瞬間、笑顔が消え去った。

「連れてきてよかったわ。リヒト様とは未来の兄妹だものね。仲良くなってくれて嬉しいわ」

ユリエット姫が、嬉しそうに微笑む。

まだ正式に発表はされていないが、ユリエット姫とガーゼルク兄上の婚約が決まりそうなのだ。

シロコトン王国からは、もともと婚約者候補として来ているので、すぐにでも正式に婚約が結ばれるだろう。花祭が終わったら一度ユリエット姫達はシロコトン王国に戻り、その後、両国で発表の手筈となっている。

けれど幼いトルティレイ姫には、そのことを誰も伝えていなかった。

だから、未来の兄妹と言われ、勘違いしてしまったのだ。

私と、ユリエット姫が婚約するのだと。

「リヒトさまと……おねえさま…………」

目を見開き、表情を失った顔で、トルティレイ姫が呟く。

すぐに訂正してあげればよかったのだ。ユリエット姫とガーゼルク兄上が婚約するのだと。

けれど私も、ユリエット姫も、その場にいた誰もがわからなかった。

なぜこんなにも、トルティレイ姫が驚いているのか。

「………いやよ……」

「トリィ？」

トルティレイ姫の愛称を呼び、首を傾げるユリエット姫。

次の瞬間、トルティレイ姫の身体から魔力が溢れ出した。

私は咄嗟に彼女を抱きかかえてバルコニーから離れ、部屋に駆け込み結界を張り巡らせる。

「いや、嫌よ！　奪わないで、どこにもいかないで、一人にしないで！」

泣きながら叫ぶ彼女の溢れる魔力を私の魔力で相殺しようとするが、どうにもならない。

魔力の扱いをやっと少し覚えただけのトルティレイ姫自身では、溢れる魔力を抑えることなどできなかった。

自分でも、何をしているかなどわかっていないだろう。

今までずっと彼女の幼い身体の中で渦巻《うずま》いていた魔力は、深い悲しみに支配され、制御を完全に失っていた。

そして最悪なことに、彼女の魔力は私との魔力訓練の成果で以前よりずっと外に向かって放出しやすくなっていた。

私の張り巡らせた結界がミシミシと苦しげな悲鳴を上げる。

（駄目だ、この魔力を外に漏れさせるわけには……）
暴走する魔力が溢《あふ》れ出たら、どうなるかわからない。
トルティレイ姫の魔力は、私でも結界の中に抑え込むのが精いっぱいだった。
息苦しいまでの濃厚な魔力が結界の中に充満する。
結界の外で皆が青ざめて何かを叫び、兄上達が結界の壁を叩くが聞こえない。
溢れる魔力が強すぎて音を、世界を遮断《しゃだん》する。
私は、トルティレイ姫を強く抱きしめる。
安心できるように、その背を撫でた。
「大丈夫だよ、私は誰のものにもならない、大丈夫」
そう何度も口にする。
大粒の涙を零す榛色の瞳が、私を見上げる。
縋るように伸ばされた手が私を抱きしめ返す。
小さな、小さすぎる身体から溢れた魔力が、私を包みこんでいく。
まるで侵食するかのように。
行き場を失った想いが助けを求めるかのように。
いつまでそうし続けていただろう。ほんの数秒にも、数時間にも感じる中。
ふっ、と。
小さな身体が腕の中で崩れ落ちる。
魔力を使い果たしたのだ。

私の結界は何とか持ちこたえた。
濃厚な魔力が薄れ、視界が開ける。
（守りきれたのか……？）
私の身体からも力が抜け、片手を床につく。
ぱらりと、肩に黒い何かがかかった。
（髪……？）
髪だ。
後ろで一つに縛っていた長い髪が、肩にかかっている。けれどその色はどうした？
金色だった髪は、黒く染まり鈍い光を放っている。
（これは……）
母上が、父上が、兄上達が、王女達が。
結界の外で一様に青ざめ、言葉を失っている。
口を開こうとして、開けない。意識までも遠のいていく。
――私は、トルティレイ姫を抱きしめたまま、その場で気を失った。

私が目覚めたのは、それから三日後だった。
ベッドの上で上半身を起こすと、黒い髪が見えた。
どうやらあの時に見えた色は幻覚ではなかったらしい。

まるで生まれた時からその色だったかのように、長い髪は漆黒《しっこく》に染まりきっている。ベッドから降りて姿見を見れば、なるほど、頭髪すべてが黒く染まっているようだ。

(黒い髪は呪いの象徴ではあるけれど、あの時、呪われたのか……?)

一体誰に?

トルティレイ姫の魔力を抑えるのに精いっぱいだった私には、他のことに気を配る余裕はなかった。

王城に入れる人間は限られている。

ましてやあのバルコニーがある場所には、すべての王族が揃っていた。

当然、厳重な警備体制が取られていたし、バルコニーにも王国魔導師の結界が張り巡らされていた。

そうやすやすと王族を呪える状況ではなかったはずだ。

「リヒト様、お体の具合はいかがでしょうか……」

少し怯えた様子の侍女が尋ねてくる。

「あぁ、何ともないね」

髪の色以外は、と心の中で付け加える。

(……?)

返事がない。

ふと、彼女を見て、私は息が止まるかと思った。

凍り付いている。

「どうした、これは一体……っ」

慌てて駆け寄り、侍女が倒れる前に支える。

侍女は恐怖に顔を引きつらせ、声も出せない。

指先から足の先、まるで魔法の花のような氷の花が咲き乱れ、侍女の身体を覆いつくしてゆく。

「誰かっ、誰か王国魔導師を！」

叫ぶ声に護衛騎士達も駆け込んできて息を呑む。

氷の花に飲み込まれた侍女は、すでに意識がない。

「呪いだ……」

誰かが呟いた。

その呟きはさざ波のように広がっていく。

広がるそれを、もう止めることなどできず、恐怖が辺りを支配する。

皆の目線が、凍り付く侍女と、私の黒い髪に注がれた。

正気に戻った一人が王国魔導師を呼び出し、駆け付けた王国魔導師達が侍女の治療に当たる。

何が起こったのか、私にはわからなかった。

突然目の前で人が凍り付いたのだ。

心臓がどくどくと嫌な音を立てる。

「王子、差し支えなければ状況を教えて頂きたいのですが……う……あっ⁉」

「なっ！」

治療に当たっていた王国魔導師のシィーラが私に声をかけた途端、その指先が凍り付いた。

何かを唱え、シィーラは凍り付くのを指先で抑え込む。よく見ると自分の魔力を指先にまとわせて進行をとどめているようだ。

「誰もこの部屋に入れないように！　この件は他言無用で」

凍り付いた指先を押さえながらシィーラが宣言し、同じ王国魔導師のザワドラが有無を言わせず魔力による制約を刻む。騒ぎに集まっていた護衛騎士と侍女が、ザワドラの力で意識を失って倒れた。

他の王国魔導師が結界と防音を張り巡らせる。

「リヒト王子、事は一刻を争います。状況をできるだけ詳しくご説明ください！」

ザワドラに真剣な眼差しで問われても、私にも答えようがなかった。

目覚めたら、私に声をかけた侍女が凍り付いたのだ。そしてシィーラも私を振り返ったと同時に指先から凍り付いたとしか言いようがない。

「……つまり、侍女とシィーラはリヒト王子のお顔を見て……？」

「そうなる。しかし、ザワドラは何ともないのだろう？」

私と目を合わせているけれど、彼の様子は変わることがない。

「シィーラ。すまないが、リヒト王子のそばに」

ザワドラに言われ、シィーラが私を見る。

途端、指先の氷の花が激しく凍り出した。

「くっ……リヒト王子に近づくのは危険なようです。わたしの魔力で抑えきれなくなります」

腕まで一気に凍り付いた片手を抑え、シィーラは私から距離を取り目をそらす。

「侍女が意識を取り戻しました！」

「本当か!?　ならば彼女からも事情を聞きたいが、まずは場所を移動しよう。それと、制約を刻んだ護衛騎士と侍女達にはしかるべき処置を。わかっているな？」

「「はっ！」」

王国魔導師達が数人がかりで倒れた侍女と護衛騎士達をどこかへ転移させる。

凍りついたものの意識を取り戻した侍女については、王国治癒術師のところへ運ばれるようだ。

パリパリと氷の花が崩れ、漂う花びらは私に吸い込まれるように寄ってきて消え去った。

「大変申し訳ありませんが、事態が解明するまで外出を控えていただけますか」

「この状況ならそうするしかないようだね。ザワドラはまだ何ともないようだな？」

魔力の関係なのだろうか。

ザワドラは私のすぐそばにいるのだが、凍り付く様子は一切ない。

調査はしばらくの間ザワドラがすることになった。

◇◇◇◇◇◇

数日後。

呪いの発動条件が判明した。

私を目にし、私に好意を抱いてしまった女性が対象だ。

家族は別なようで、母上は私といても何も起こらない。

男性も問題ない。

けれどそれ以外の女性は容姿や身分を問わず、私に好意を持ってしまうと凍りついてしまう。

それは、恋や愛といった深いものではなくて、友情的なものであってもだ。

だから女性だった侍女とシィーラは凍りつき、男性であるザワドラは凍りつかなかった。

そのことがわかり、私は離宮に療養という名目で籠り、王国魔導師達の診察を受けた。

結果わかったのは、これはトルティレイ姫の呪いだということ。

彼女の魔力が呪いと化してしまっているのだ。

姫が私の顔を美しいと感じていたせいだろうか。

理屈はわからないが、顔を隠してさえいれば、好意があっても呪いは発動しないようだった。

呪いを解くには姫自身が呪いを解くか、呪いを返すか。

幼い姫に呪おうなどという思いがないことは明白で、そんな彼女が呪いを解くなど到底無理だった。

そして呪いを返すこともまた問題だった。

呪いを上回る魔力をもってすれば返すことは可能だ。

ランドネル王国の王国魔導師達なら、すぐにでもできる。

けれど返される相手はシロコトン王国の幼い王女なのだ。

魔力を暴走させ、呪う気などなく、ただ一途に私を慕っていただけの幼い彼女にこの呪いを背負わせるのは酷すぎる。

自分の顔を見て好意を持った相手が凍りつくなど、幼い姫に耐えられるものではない。

事態を知ったシロコトン王国からは、王自らが訪れて正式な謝罪と多大な慰謝料が支払われた。

それには、幼い姫に呪いを返さないことも含まれていた。

――かくて私は呪いを返すことは選ばず、仮面をつけた。

決して私の顔を見ようとするものが現れないように、呪いで醜く変貌したのだと周囲には告げて。

◇四章・花祭に氷の花を◇

「……トルティレイ姫に、呪いを解いてもらいましょう」

話を聞き終わり、そう言い切るわたしにリヒト様が息を呑む。

「君は何を言っているんだ。話を聞いていなかったのかい？　姫に私を呪った自覚などないんだ。暴走した魔力が呪いと化してしまったのだから、解きようなどあるはずがない」

「ええ、わかっています。でも、王女は自分がしてしまったことをご存じだと思います」

隣国の引きこもり王女。

わたしと同じアッシュグレイの髪と榛色の瞳を持つ女性。

いまならわかる。

陛下がなぜ強引にわたしとの婚姻を進めたのか。

それは、呪いをかけた王女とわたしが同じ色彩だったからだ。


『万が一の可能性でも、呪いが緩和するのなら』


それは、聖女の血筋を期待してのことでもあり、トルティレイ姫と同じ色彩を持つわたしなら呪いが発動しないのではないか。

そんな期待も込められていたのではないだろうか。

「トルティレイ姫は、ずっと後悔しているのではないですか？　自分がしてしまったことを知って。

だからこそ、人前に立つこともせず、ずっと引きこもっていらっしゃる」

トルティレイ姫が引きこもりの王女であることは、わたしに嫌味を言ってきた貴族令嬢達ですら知っていることなのだ。

リヒト様が知らないはずもないだろう。

魔力なしだから公務をせずに引きこもっているのではない。

王族であるのなら、魔力を使わずともできる公務はいくらでもある。

彼女は、きっと自分の魔力を恐れている。

どんなに箝口令《かんこうれい》を敷こうと、人の口に戸はたてられない。

きっと彼女は知ってしまったのだ。大切だったリヒト様を無意識に呪ってしまったことを。

その結果がどんな事態を招いてしまったかを。

だから彼女は決して外に出ない。

二度と、大切な人を呪わないために。

「だが、故意でない呪いの解き方など、我が国の魔導師達ですらわからなかったのだ。それなのにどうやって姫に呪いを解いてもらう？　不可能だろう」

暴走した魔力が呪いと化したなどと、前代未聞だったのだろう。

トルティレイ姫が王族であり、膨大な魔力を有してしまっていたからこそ起きた悲劇だ。

「もう一度、わたしにリヒト様のお顔を見せていただけませんか？　…………確かめたいことがあるのです」

リヒト様が青い瞳を見開く。

「……正気か？　間違いなく凍りつくぞ」

「わかっています。すぐに顔をそらし、全身が凍りつくのは絶対に避けます。ですからどうか、その銀の仮面を外してください」

真っ直ぐにリヒト様を見つめ返す。

どのくらいそうしていただろう。

ふっと一息ついて、リヒト様が折れた。

「少しだけだ。絶対に無謀なことはしないと誓ってほしい」

「はい、わかっています。リヒト様を悲しませるようなことは、決してしません」

頷くわたしに、リヒト様がそっと銀の仮面を外す。

美しい顔立ちを不安に曇らせ、目の下にはうっすらと隈ができている。ここ数日眠れていないという使用人達の話はやはり本当だった。

けれどそんな疲れたお顔をしていても、やはりリヒト様はお美しい。

わたしがそう感じているからだろう。

禁書庫の時と同じように、パリパリと音を鳴らし、わたしの指先が氷の花に埋もれていく。

その手を、リヒト様に向ける。

苦しそうに、辛そうに、リヒト様の眉根が寄る。

氷の花はきっと彼女を思い起こさせる。

救おうとして、さらなる地獄へ運んでしまったトルティレイ姫のことを。

「まだか？　いや、もういいだろう！」

顔をそらさず見つめ続けるわたしに、リヒト様は耐えきれずに仮面を手に取った。

「リヒト様、見ていただけますか？　わたしの指先は確かに凍りつきましたが、それ以上は凍っていないのです」

「なに……？」

仮面をつけたリヒト様が、わたしの手を見る。

あれだけじっとリヒト様のお顔を至近距離で見つめ続けたというのに、わたしが凍りついたのは指先だけだ。

リヒト様が仮面をつけると氷の花びらが舞い散り、リヒト様に向かって飛んでいってしまった。

「……これは一体、どういうことだ？」

氷が消え去ったわたしの指を手に取り、リヒト様はまじまじと見つめる。

「治癒魔法です。わたしはいま、自分自身に治癒魔法を使い続けたのです」

凍りついて目覚めた時。

わたしの身体は自由にならなかったのだが、治癒魔法を施したらすぐに動かせたのだ。

つまり、呪われた身体に治癒魔法で癒すことによって呪いの進行を食い止めることができる。

そしてもう一つ、気づいたことがあるのだ。

禁書庫で凍りついた時と、いまと。

最初に凍りついたときは、わたしも突然のことで周りを見ている余裕などなかった。

けれど今は違う。

凍りつく指先に癒しの魔法をかけるとともに、その様子もじっと見ていた。

(わたしの見間違いなんかじゃない。だとすれば、トルティレイ姫に会う必要があるわ)

彼女でなければ、呪いは解けない。

「リヒト様。もしも呪いが解けずとも、わたしはご覧の通り呪いの進行を食い止めることができます。だから、彼女に会っていただけませんか?」

「だが……」

「彼女を、一生罪の意識に苛ませる気ですか」

「そんなことを望むはずがないだろう!」

「けれど今のままでは、彼女は一生、自身がかけてしまった呪いに捕らわれたままです」

「っ……」

リヒト様が苦しげに顔を歪める。

酷いことを言っているとは思う。

トルティレイ姫にとっても、リヒト様にとっても。

けれどわたしの考えが正しいなら、二人が向き合わなければ呪いは決して解けないのだ。

リヒト様はトルティレイ姫を助けたくて、魔力の扱いを教えたはずだ。

蔑まれ虐げられる環境から救ってあげたかったはずなのだ。

けれど現実はどうだろう?

他国の王子を、故意ではなかったとはいえ呪ってしまったのだ。

これが、正妃の娘であったユリエット姫やローゼア姫ならまた違っただろう。

大切に守られた二人なら、多少の瑕疵《かし》にはなっても、シロコトン王国での待遇は酷いものとはならなかったはず。

けれど事件を起こしてしまったのは地位の低い側妃の、魔力もろくに扱えないと蔑まれていたトルティィレイ姫なのだ。

彼女が国に戻った後、どんな目に遭っているのか。

よい扱いではないだろうことは想像に難くない。

そしてそれは、いまも続いているのではないだろうか。

『無能の引きこもり王女』

隣国であるランドネル王国にまで聞こえてきてしまう心ない噂話がそれを裏づけている。

呪いを解かない限り、リヒト様にも、トルティィレイ姫にも、輝く未来は閉ざされている。

「花祭がありますね？　一月後です。そこに招待するのであれば、隣国の王女たる彼女を招くのに何ら問題はないはずです」

嘘だ。問題なら山積みだ。

よりにもよって花祭に招待などと、嫌味と受け取られてもおかしくはない。

けれど隣国の王女のもとへ呪われたリヒト様が出向くことは困難だ。

ならば彼女の方から来てもらうしかない。

「花祭など、彼女は二度と見たくないはずだ」

「でも、それ以外に、彼女にこの国へ来ていただく理由が思いつかないのです」

外交はあるが、引きこもりと嗤われる彼女に来てもらうのは無理がありすぎる。

花祭だってぎりぎりだろう。

「彼女以外に来てもらうのは……」

「無意味ですね」

わたしの考えが正しくとも、間違っていても、トルティレイ姫以外の姫にいらしていただいても解決しない。

彼女とリヒト様の二人が揃わないとはじまらないだろう。

確信がないまま迂闊なことを言って、二人を絶望させたくもない。

「だが……」

「招待状を書いてください。トルティレイ姫宛てにです。名指しでなければ、他の姫が来てしまう可能性もありますから。急いでいただいたほうがいいでしょう。シロコトン王国からランドネル王国までは二週間かかります。転移魔法陣を使えばもっと短くなりますが、色々と準備があるはずです」

一国の王女が隣国を訪れる。

それにはどうしても準備に時間がかかる。

身支度はもちろんのこと、心の準備も。

リヒト様は、辛そうに瞳を伏せる。

「……来てくれるだろうか」

絞り出すように呟かれた声に、胸が痛くなる。

「ええ、必ず」

だからわたしは、精一杯笑みを浮かべて答える。

もしもわたしがトルティレイ姫なら、必ず頷くはずだ。

呪いを解けなくとも、謝罪を伝えたいはずだから。

そして無意識に呪ってしまうほどに大切だった人を、一目でも見たいはずだから。

◇◇◇◇◇

ランドネル王国に花びらが舞い散る。

待ち望んだ花祭だ。

王都を飾る花々は色艶やかに咲き誇り、踊り子達が城下で花びらを撒きながら踊る。

そんな街並みを城の一室から眺めていたリヒト様は、窓辺からわたしを振り返る。

その口元はきゅっと引き結ばれており、緊張していることがうかがえた。

「リヒト様、微笑んでください。そんなお顔では、トルティレイ姫が怯えてしまいますよ?」

「だが……」

「大丈夫です。万が一のことも考えて、国王様達とは別の部屋を選んでいるのですから。この部屋には、わたしとリヒト様しかいません」

リヒト様は国王陛下に許可を取り、トルティレイ姫へ花祭の招待状を送ってくれた。

陛下は困惑していたが、王妃様が後押ししてくれた。

『何か、考えがあるのでしょう? リヒトは本当によく笑うようになったわ。それはみんな、アリエラのおかげだと思うの。だから、わたくしは二人がやりたいことを応援したいわ。どうか貴方も協力してほしいの』

十年前のように、婚姻を前提に招待するのとはわけが違う。

花祭はシロコトン王国とランドネル王国両国にとって、もはや触れてはいけない禁忌のようなものだったはずだ。

それを、これほど時間が経ってから蒸し返す。

何か裏があるのではと疑われても仕方がない。だから陛下が困惑するのも、即答できない問題であるのも頷けた。

けれど、これを解決してくれたのは第二王子ロットア様だった。

『妻が会いたがっている、という名目なら問題ないだろうね？』

ユリエット姫とガーゼルク様の婚約は、トルティレイ姫の呪いで立ち消えてしまった。

けれどロットア様とローゼア姫は以前から交友があったこともあり、呪いの騒ぎの後も変わらず関係を続けることができて、数年前に無事結婚して臣籍に降下している。

リヒト様と同じくこの国の公爵領を治める彼は、同時に外交官として世界各地を訪れている。

いまこの国にいるのは花祭を妻と共に見るために戻ってきていたからだ。

その彼なら、シロコトン王国に赴いて、トルティレイ姫を連れ出しても不自然ではない。

呪いのことはあるが、国交は断絶していないし、互いの国に繋がる転移魔法陣も当然ある。

そうして、ロットア様は無事にトルティレイ姫に直接連絡を取ることができ、この花祭に招くことに成功したのだ。

『私に会うことも了承してくれたのだろうか』

というリヒト様の疑問にも、ロットア様は頷いてくれた。

そのあたりに抜かりはないと。

いま、この城の客室に、トルティレイ姫は滞在している。

リヒト様にはまだお会いしていない。

わたしもだ。

トルティレイ姫は使用人一人だけを連れてきているそうだ。

ランドネル王国の侍女達の話では、分厚いヴェールでお顔を隠していらっしゃるとか。

やはり……という気持ちになる。

トルティレイ姫は、すべてをご存じなのだろう。

呪ってしまったことも、リヒト様が仮面をつけて過ごしていることも。

だから、ご自身も顔を隠していらっしゃる。

引きこもるだけなら、お顔を隠す必要などないのだから。

リヒト様以外には、呪いを解ける可能性についてまだ話していない。

もちろん、トルティレイ姫にも伝えていない。

わたしには解けるという確信があるが、それでも絶対ではないのだ。

万が一の場合に備え、この部屋の隣には王国魔導師が待機している。

そしてわたしは、侍女服に身を包み、リヒト様の隣に立つ。

平凡な容姿のわたしは、それだけでもう誰も令嬢だなどとは思わないだろう。

ましてやリヒト様の伴侶だなどとは到底ありえない。トルティレイ姫が誤解をすることもないだろう。

彼女はずっとリヒト様を想っていたに違いないのだ。

もしもそのリヒト様に仮初めのようなものとはいえ妻がいたなら、絶望させてしまうかもしれない。

そうしたらまた、魔力が暴走し、新たな悲劇を生み出しかねない。

だからわたしは、決して悟られることのないよう振る舞わなければ。

——コン、コン。

控えめにドアがノックされた。

リヒト様がはっとして顔を上げる。

扉を凝視する瞳が一瞬不安そうに揺れ、けれど強い決意と共に頷かれる。

わたしはそんなリヒト様に頷き、扉をそっと開けた。

扉の向こうには、ヴェールで顔を隠した女性が使用人と共に佇んでいる。

豪奢でありながら品のよいドレスは隣国のデザインで、彼女がトルティレイ姫なのだと一目でわかった。

『引きこもりの無能な王女』

そんな蔑みもかすむ美麗な佇まいと気品に息を呑む。

ヴェールで顔立ちはわからないが、だからこそ、内側から滲み出る美しさを感じられる。

没落聖女などと呼ばれるわたしなどとは、比べるのもおこがましい存在感。

(この方が、リヒト様を呪った王女。そして、きっといまでも想い続けている方)

つきりと胸が痛んだ。

けれどその思いを飲み込んで、わたしは王女を部屋の中へ促す。

事前の打ち合わせ通り、部屋の中に入るのは王女だけだ。使用人は外で待機する。

できれば立ち会いたいと使用人は口にしていたらしいのだが、人が増えればその分不測の事態が起きやすい。

ただでさえ、この呪いは王女の魔力の暴走が引き起こしているのだ。

万が一、何かあった場合の優先順位はトルティレイ姫の安全であり、使用人は二の次だ。命に危険が及ばないとも限らない。

彼のためにも、この部屋の中に入るのは断らせてもらった。

部屋の中で、銀の仮面のリヒト様と、ヴェールをまとったトルティレイ姫が見つめ合う。

二人とも、一言も言葉を発さない。

どれほどそうしていただろう？

一瞬とも永遠とも思えるような時間。

向かい合う二人の沈黙を先に破ったのは、王女の涙だった。

ヴェールをまとっていてもわかる。

ぽたり、ぽたりと伝う涙にリヒト様が息を呑んだ。

「リヒト様……やはりお噂は、本当だったのですね……？　ずっと、ずっと、お詫びしたかった！　わたくしのせいで、わたくしが、リヒト様に呪いをっ……っ！」

「トルティレイ姫のせいではないよ。あの時、貴方が故意に私を呪ったわけではないことを、他の誰よりも私自身がよくわかっている」

泣き崩れる王女をリヒト様が支える。

その手にすがるように、トルティレイ姫が身を預けた。

「えぇ、えぇ、わざとなどではなかったわ！　けれどだからこそ、わからないの……どうしたら、わたくしはリヒト様を呪いから解放できるのですか？　どう償えばいいのかすら……っ」

「償いなんて、考えなくていいんだ。貴方は、幸せになってよかったんだ」

「リヒト様のそばにいたかった、ただ、それだけだったんです……っ」

「わかってる、わかっているよ」

小さな子をあやすように、リヒト様がトルティレイ姫を支え、その背を優しくさする。

彼女を慈しみ、その心を守ろうとしているリヒト様に、わたしの胸がズキズキと痛んで悲鳴を上げたくなるが、ぐっとこらえる。

見ていたくない。

目をそらしてしまいたい。

けれどいまは、傷ついている場合ではないのだ。

「リヒト様の、優しい光をまとった金の髪が好きだったわ」

「うん」

「わたくしを呼んでくれる声が嬉しかった」

「うん」

「手を引いて、導いてくださることが幸せだった……っ」

「私も、貴方が浮かべる微笑みが嬉しかったよ」

「なのに、わたくしが、すべてを壊したの……リヒト様の、みんなの幸せを、わたくしが……」

声を詰まらせるトルティレイ姫に、リヒト様は首を振る。

「貴方のせいではないのだといっても、ずっと、貴方は苦しみ続けるのだろうね……」

「リヒト様……」

「ヴェールで顔を隠しているのは、私が顔を隠していると知ったせいだね？」

リヒト様の問いに、トルティレイ姫はこくりと頷く。

「すこしでも、リヒト様の苦しみをわかりたかった。わたくしも同じ苦しみを味わいたかった。こんなことしか、できなくて……っ」

「あの時伝えたことは覚えている？」

「……あの時？」

「うん。トルティレイ姫が魔力を暴走させてしまった時にね。私は言ったんだよ。『大丈夫だよ』と」

「でもっ、リヒト様はわたくしのせいで呪いに……っ」

「そうだね。でもね、仮面をつけて過ごすことを選んだのは私自身なんだよ。貴方に呪いを返すこともできたのに」

「それは、わたくしが幼かったから……」

「それもあったけれどね。私は、貴方を守れなかったんだよ。幼い貴方はあんなにも私を頼ってくれていたのにね」

リヒト様は辛そうに口の端をゆがませる。

守ろうとしていた幼いトルティレイ姫を守れなかったことは、ずっとリヒト様の心の傷になっていたのだろう。

「そんな……」

「不甲斐ない自分が嫌だった。私なら貴方を助けられると思い上がって、傲慢《ごうまん》にも貴方に魔力の扱いを教えたんだ。そんな余計なことをしなければ、あの時貴方の魔力は暴走なんて起こさなかったんだよ」

それはきっと半分本当で、半分嘘だ。

魔力の暴走は、魔力が扱えようと扱えまいと、起こるべくして起こっただろう。

ただ、魔力の扱いをリヒト様と共に練習して、少しばかり体外に放出しやすくはなっていたかもしれないけれど……。

むしろそのことがなければ、暴走した魔力がトルティレイ姫の身体の中で渦巻いて、出口のない暴力的な魔力は彼女自身を傷つけ、最悪の場合彼女はその場で命を落としていたかもしれない。

「私に、もう一度機会をもらえないだろうか。貴方を救わせてください」

「罪深いわたくしが、救われても良いのですか……？」

「貴方に罪なんてないよ。さぁ、ヴェールを外して、私にその顔を見せて。私も仮面を外すから」

リヒト様に促され、トルティレイ姫は恐る恐るヴェールを外す。

顕《あら》わになったトルティレイ姫は、とても綺麗な人だった。

涙を湛えた榛色の大きな瞳は、リヒト様を真っ直ぐに見つめている。

そしてリヒト様も、銀の仮面を外し、トルティレイ姫を見つめ返す。

瞬間、トルティレイ姫から魔力が溢れだした。

ぶわりと部屋中に魔力が充満し、突風のように渦巻く。

花瓶は倒れ、家具は激しく揺れ、開け放たれた窓にレースのカーテンが躍り出る。

「そんな、またなの!?　お願い、止まって！　もう、誰も呪いたくなんてないの！」

悲痛な叫びを上げ、トルティレイ姫が自分の身体を両手で抱きしめる。

けれどリヒト様の身体からも呪いが溢れだした。

氷の花が舞い、リヒト様とトルティレイ姫を凍らせようとする。

「いや、嫌よ！　リヒト様を呪わないで！　わたくしはそんなこと、一度だって望んでない！」

泣きながらリヒト様から離れようとするトルティレイ姫。

彼女は本当にこんなことを望んだことはないのだ。

なのに十年も苦しみ続けた。

けれどその苦しみは、今日で終わりにするのだ。

「リヒト様、いまです！」

わたしの合図にリヒト様は離れようとするトルティレイ姫に手を伸ばし、強く抱きしめる。

十年前と同じように。

パリパリと音を立てて、氷の花が二人を凍らせていく。

わたしは、そんな二人にありったけの癒やしの魔法を放出する。

治れと。

戻れと。

強い意志を持って、二人を治癒魔法で包み込む。

リヒト様の呪いが抵抗するが、わたしはその正体をもう知っている。

だから、何も恐れない。

（戻りなさい！）

強く、強く。リヒト様のその身体に留まっている呪い――トルティレイ姫の魔力を押し出すように、治癒魔法を強める。

リヒト様の身体の中に入ってしまっているトルティレイ姫の魔力は氷を主体としていたからか、白い魔力だ。リヒト様の金色の魔力と間違わないように白い魔力だけを身体の外に押し出す。

両の手から溢れる治癒魔法が一際強まり、二人を包み込む魔法も輝きを増した。

どれほど治癒魔法を注ぎ込んだだろう？

（お願い、わたしの魔力で足りて……っ）

魔力切れを起こしそうなほど、治癒魔法を使い続ける。ここで止まっては駄目なのだ。最後までやり遂げなくては。

視界がかすみ、意識が遠のきそうになりながらもわたしはリヒト様の中の呪い、正確には呪いなどではないそれを、ぐっと押し出す。

次の瞬間、ぱんっと弾けるような音が響き、目の眩むような光が溢れだした。

いまにも二人を凍りつかそうとしていた氷の花が、ぱらぱらと砕け散る。

けれど散り去る花びらは、リヒト様にではなく、トルティレイ姫に吸い込まれていく。

「こ、これは、いったい……」

「呪いが消えたんです」

戸惑う姫に、わたしは答える。

そう、呪いは消え去った。間違いなく。

その証拠にリヒト様の漆黒だった髪は、窓辺から差し込む陽の光でまばゆい金色に輝いている。

「あ、あなたが、解呪を？」

「いいえ、わたしは癒やしただけです。呪いは、呪いなどではなかったんです」

十年前の運命の日。

王女は確かに願ったのかもしれない。

奪わないで、と。

とらないで、と。

姫でありながら疎まれて育った彼女に、分け隔てなく接してくれたリヒト様を、彼女は深く慕っていたから。

ユリエット姫やローゼア姫は確かにトルティレイ姫を気にかけていたかもしれない。

けれど他人は、シロコトン王国の人々は、幼い彼女に冷たかった。

血の繋がりのない人で、初めて優しくしてくれた人がリヒト様だったのだろう。

だからこそ、失うことに恐怖して魔力を暴走させてしまった。

その想いの根本は、リヒト様と共に過ごすことだったのに。

けれど大人しくて引っ込み思案だった彼女は、それをうまく言葉にできなかった。

だから、奪わないで、とらないでと口にしてしまった。

その言葉を聞いていたからこそ、呪いのように皆が認識してしまったのだろう。

実際は、暴走した魔力は彼女の本来の願い通りで、呪おうとしたわけではなくリヒト様と共にあろうとしただけ。

その証拠に、わたしを凍らせた時のトルティレイ姫の魔力は氷の花びらとして散ったあと、リヒト様に向かっていったのだ。

禁書庫の時と、リヒト様の私室での時と。

二度とも同じだった。

だから気づけた。

呪いではなく、魔力がリヒト様の中に残ってしまっているだけなのではないかと。

治療院で治療した親子。原因不明で苦しんでいたユーノちゃん。

なぜか、母親の魔力がユーノちゃんの体内に移り、その魔力がユーノちゃんの身体を蝕んでいた。

魔力をわたしの治癒魔法でユーノちゃんの身体から押し出したとき、その魔力は母親の元へ戻っていった。

呪いのような形で発現してしまっていた氷の花は、砕け散るとリヒト様のほうへ戻っていった。

けれどその魔力の色は、リヒト様の魔力色とは違っていた。なのに、リヒト様へと戻っていく。

それは、どちらも本来の魔力の持ち主が、そばにいたい、一緒にいたいという想いの表れなのではないかと思ったのだ。

本当に呪いであったなら、わたしの癒やしの魔法が効くはずがない。

初代ならばともかく、没落聖女たるわたしに呪いの緩和などできないのだから。

「どんな癒やしを施してくれたのか、説明してもらっても？」

リヒト様には事前にどのように呪いを解くのか説明はしてあったが、何が起こったのかわからなかったらしい。

「ええ、いいですよ。わたしがしたのは、リヒト様の中に残るトルティレイ姫の魔力を、彼女に戻しただけです」

魔力の暴走を起こしたとき、王女の魔力の大半がリヒト様の中に入ってしまったのだろう。

その影響で、リヒト様の髪は黒く変色するに至った。

けれどトルティレイ姫のすべての魔力がリヒト様に移ったのではない。トルティレイ姫のもとにも当然魔力が残った。

魔力は使っても自然に回復していくものだ。

そして魔力によって、リヒト様とトルティレイ姫は繋がり続けてしまっていたのだろう。

心の奥底でずっと一緒にいたいと想う王女の願いが魔力を伝い、リヒト様に残り続けた。

それが呪いのように、リヒト様に好意を持った女性を凍らせてしまう事態を引き起こしてしまったのだ。

トルティレイ姫の魔力は正しく王女の願いを叶え、リヒト様と共にあろうとした。

その願いを壊してしまうであろう異性を凍らせていたのは、リヒト様に教わった魔法が氷の花で、その印象が強く残っていたせいだろう。

リヒト様の部屋で、お顔を見せてもらった時。

わたしは、凍りついた指先をリヒト様に見せた。

その時、自身の指先に治癒魔法を施していたが、同時にリヒト様のお身体も診ていたのだ。

だからわかった。

リヒト様の中に、リヒト様のものではない多量の魔力が残っていることに。

治療院で診たユーノちゃんと同じだと思った。

ユーノちゃんのようにリヒト様が苦しまずに済んだのは、リヒト様の魔力が高かったからだろう。

つまり、余分なその魔力をリヒト様の身体の中から押し出せばいい。

けれどリヒト様の中に残るその余分な魔力をわたしの治癒魔法で体外に押し出したとしても、外に出た魔力が戻る身体がなければ、またリヒト様の元へ戻るのも予想できた。

なら、トルティレイ姫へ戻せばよいのだけれど……。

わたしの治癒魔法は、初級程度。

とても隣国まで魔力を押し出して、面識すらないトルティレイ姫に届かせることなどできはしない。

だから王女にここまで、リヒト様のそばにまで、来てもらう必要があった。

「……もう、誰も凍らないのだな」

「ええ。だってほら、わたしを見てください。どこも凍っていませんでしょう？」

にこりと微笑む。

仮面を外したリヒト様を見つめても、わたしは少しも凍りつかない。

「わたくしは、呪ったりしていなかったのね……」

ほっとして、再び涙をこぼすトルティレイ姫の背中をリヒト様が優しくさする。

「まだお二人にはやることが残っていますよ」

心の痛みに蓋をして、わたしが微笑むと二人は首を傾げる。

「さぁ、お二人の姿を国民に見せてあげてください！」

開け放たれたバルコニーを指し示す。

外には、花祭を祝う国民が大勢集まっている。

「だが……」

「もう、リヒト様は呪われていないのです。そのお姿を皆に見せて安心させてあげてください。そしてトルティレイ姫もご一緒にです」

「わ、わたくしもですか……？」

「えぇ。花祭を、王女の魔法で彩ってあげてください。色とりどりの花と魔法の花は、とても美しいと思いますよ？」

トルティレイ姫はまだ少し不安そうにリヒト様を見つめる。

頷くリヒト様。

エスコートの手を差し出すと、トルティレイ姫はそっと手をのせた。

リヒト様とトルティレイ姫は、光差し込むバルコニーへと歩いてゆく。

ふいにバルコニーに現れた二人に、民衆が気づき声を上げる。


——あれは、どなただ？　あの美しいお二人は一体？

——おい、あれは、まさか呪われた王子では？

——いや、金の髪は呪われてなどいないのでは……

——呪いが解かれたんだ！　なんて素晴らしい！

そんな声に応えるように、二人は手を掲げ、魔力で作り上げた花を舞い散らす。

踊り子たちが振りまく花びらと、二人が作り出す魔法の花びらが光を帯びて舞い踊る。

わぁっと歓声が上がった。

盛大な拍手は惜しみなく二人に送られ、俯きがちだったトルティレイ姫は真っ直ぐに前を向いて微笑む。

(これで、もう大丈夫)

花祭は、リヒト様とトルティレイ姫にとって忌まわしいものではなく、これからは素敵な記念日となるだろう。

「……お幸せに」

小さく呟いて、わたしはそっと部屋を後にした。

◇◇◇◇◇◇

「奥様、その格好は一体……」

ファミルトン伯爵家に戻ると、執事のセバスチャンが焦りを帯びた声をかけてくる。

わたしは王城の侍女姿のままだ。

驚くのも無理はない。

けれど急がなくては。

花祭の間は王城で過ごすことになっていた。まだ花祭は続くが、わたしの不在にリヒト様が気づいてしまうより早く、事を進めないと。

「あぁ、お世話になったわね？　わたしは、実家に戻ることになったの」

笑って言うと、セバスチャンはわかりやすく絶句した。

隣にいるファレドもだ。

「そんな、なぜそのようなことになるのかお伺いしても？」

震える指先で眼鏡を押さえ、セバスチャンは動揺を隠せないようだ。

わたしは二人に見えるように、離婚届を見せる。

「こちらをお願いするわ。もともと、リヒト様の呪いが解けるまでの仮初めの婚姻だったの」

以前お兄様が用意していた離婚届を預かっておいてよかった。

すでにわたしの署名はしてある。

あとはリヒト様が署名するだけだ。

「呪いが解けるまでの仮初め？　でも呪いが解けるまでってことなら、ずっとアリエラ様が奥様ってことじゃないですか！」

「まさか……」

ファレドの言葉に、セバスチャンが気づく。

「ええ、そのまさかよ。奇跡が起きたの。リヒト様の呪いは、消えてなくなったわ」

「そんな、いやでも、それでもアリエラ様が離縁する必要なんてどこにも……」

「呪いがなくなったのよ？　それこそ、わたしと婚姻を続ける理由がないの」

わたしがリヒト様と婚姻を結べたのは、リヒト様が呪われていたからだ。

その原因がなくなった今、リヒト様はどなたでも妻に迎えることができる。

没落聖女と呼ばれ、家も決して裕福とは言い難い伯爵家の令嬢。そんなわたしとの婚姻を続ける理由などないのだ。

幸い、リヒト様との挙式は身内のみを呼ぶ小さなものだった。

婚姻を結んだことを知らない貴族すらいたのではないだろうか？

二人で公式行事に出たことも一度もない。

いまならまだ、わたしがいたことすらなかったことにできる。

「……奥様は、それでよろしいのですか」

セバスチャンの瞳が、気づかわしげに揺れる。ファレドもおろおろとわたしを引き留める。

少し、泣きたくなった。彼らには、とてもよくしてもらったと思う。

だから微笑んだ。

没落聖女のわたしが、素敵な夢を見られた。優しい王子様と結婚できるなんて、本来であればありえなかった。

十年だ。

リヒト様とトルティレイ姫が苦しみ続けた時間は、十年もある。

そんな二人は、これからはもっともっと幸せになっていいはずだ。今まで苦しんだ分の幸せを得る権利があるはず。

二人の幸せな未来に、仮初めの妻であるわたしの存在は邪魔なだけだ。

呪いがなければ、決して手の届かない人の妻になれなかった。短い間だったけれど、それだけで十分わたしは幸せだった。

「楽しい思い出を、ありがとう」

◇エピローグ◇

「アリエラおね――――ちゃ――――ん、包帯が足りないよぉおおお！」

「待ってて、今すぐ持っていくから」

治療院で見習い治癒術師のピファが叫ぶので、わたしは急いで包帯を持っていく。

「患者さんの包帯を変える前に用意しておかないと駄目でしょう？」

「わかってたんだけど、あせっちゃった！　だってとっても痛そうなんだもん」

「早く治療してあげたい気持ちはよくわかるけれど、準備を怠っては駄目よ？　治せるものも治せなくなってしまうのだから」

「はーいっ」

ピファは元気よく返事をしてわたしから包帯を受け取ると、治療途中だった患者さんに手際よく包帯を巻いていく。

それを見届けて、わたしは古い包帯を回収して洗い場に持っていく。

あの花祭から二週間が経った。

わたしは、リヒト様のファミルトン公爵家を出て、住み込みでこの治療院に勤めている。

もともと王命で結婚させられる前は、この治療院に勤めていた。

王家から、呪いを解いた報奨金でアールストン伯爵家は十分持ち直した。

だからわたしが働きに出る必要はないのだけれど、家にいても特にすることがないのでこうして働きに出ている。

(家にいると、みんなが気を遣ってしまうしね)

ファミルトン公爵家から突然戻ったわたしに、アールストン家の皆は絶句していた。

『リヒト様には、運命の方がいるから』

呪いが解けたことと、わたし達の間に愛はなかったことを伝えれば、一応は納得してくれたけれど。

(セリオット兄様だけは、信じてくれなかったけれどね)

わたしが凍りついて倒れた時、治療に来てくれたセリオット兄様だけは眉間にしわを寄せて頷いてくれなかった。

『あんなに、彼を想っていたじゃないか……』

お兄様の部屋に呼び出されて、離縁して戻ったわたしよりもよほど辛そうな顔で問い詰められると、思わず泣きそうになってしまった。

わたしは、リヒト様を好きだと思う。

友達ぐらいにはなれたら、と思っていた。

けれどいつの間にか、離れるのを辛く思うぐらいに、リヒト様を想ってしまっていた。

呪いのための結婚だったというのに。

リヒト様の前で醜く泣き縋るようなことをしないで済んだのは、我ながら頑張ったと思う。

優しいリヒト様は、そんなことをされてしまえば別れられなかっただろうから。

セリオット兄様の態度で、皆にも察せられてしまったのは失敗だった。

無理して笑うなとベネディット兄様には頭を撫でられるし、ルーナお義姉様には抱きしめられた。

デルーザ兄様はさりげなくわたしの好きな本を買ってきてくれたし、お母様はシフォンケーキを焼いてくれた。

こんなに皆から構われてしまうと、本当に、笑顔が崩れて泣いてしまいそうだったから、わたしは治療院へ逃げ込んだのだ。

治療院はよい。

皆、何も事情を知らない。

わたしが治療院を辞めた理由も、家の事情としか話さなかったから、リヒト様の件を心配されることもない。ひっそりと式を挙げていたおかげで、国民が知ることはなかったし、もし知られたとしても、その相手がわたしだなどと思われないだろう。

何も知らずに、気遣われないことが今はうれしい。

それに治療院はいつでも忙しくて、余計なことを考える暇はない。

(……ぼーっとしていると、色々考えてしまうものね)

呪いが解けたリヒト様は、もう没落聖女のわたしと共にいる必要がない。

輝かしい第三王子なのだ。

数々の魔導具を開発して、この国の発展に貢献し、さらにその美貌も取り戻した。

どんな方とでも——そう、隣国の王女様とでも自由に結婚できるお立場だ。

トルティレイ姫もそうだ。

もう無能の引きこもり王女などではない。

彼女の魔力は膨大で、きちんと扱えるならば多大な利益を生み出すだろう。

それは、シロコトン王国での彼女の扱いにもよい変化をもたらすはずだ。

リヒト様の呪いが解けたことにより、すべての憂いがなくなった。もうお顔をヴェールで隠すことなく過ごせるのだ。

トルティレイ姫はアッシュグレイの艶《あで》やかな長い髪と、大きな榛色の瞳が美しい方だった。

彼女を縛るものはもう何もなく、魔力も自分の思い描く通りに操れるようになったのだ。

二人を阻む障害は、何もない。

リヒト様とトルティレイ姫が並ぶと、一枚の絵画のようだった。

(離婚届は、もう受理されたかしら)

セバスチャンに預けたので、リヒト様の手にきちんと届いているはずだ。だから心配はいらないのだけれど。

そろそろ、リヒト様とトルティレイ姫の婚姻が整う頃だろうか。

シロコトン王国に馬車で行くには二週間かかるけれど、転移魔法陣を使えば、ずっと早く両国を行き来できる。

呪いが解けたこと、トルティレイ姫が魔力をきちんと扱えること、リヒト様と思い合っていること――それらをシロコトン王国の国王に伝えるのに、二週間は十分な時間だと思う。

ちょいちょいっと、服の裾《すそ》を引っ張られた。

「……ちゃん、アリエラおね――ちゃん！　もうっ、何で呼んでるのに気づいてくれないのっ」

足元を見るとぷくっとほっぺたを膨らませて、ピファが見上げていた。

包帯を洗いながら、ぼーっとしてしまっていたらしい。

「あら、気づかなくてごめんなさいね。また包帯が足りないなら、隣の部屋に浄化魔法処理済みの包帯があるわよ」

「ちがうよっ、包帯はもう十分！　それよりも、アリエラおねーちゃんにお客様っ。すごくきれいな人！　玄関で待ってるよっ」

綺麗な人。

その言葉にどきりとする。

彼がここに来るはずなどないのに。

「そう、呼びに来てくれてありがとう。すぐに向かうわね」

頷くと、ピファは忙しそうにかけていく。

わたしは洗った包帯を急いで片づけて、玄関へ向かう。

その瞬間、腕を引かれ抱きしめられた。

振り払おうとしたが、肩越しに金の髪が映る。

（そんな、でも……）

戸惑いながら後ろに顔を向ける。

「やっと、見つけた！」

「リヒト、さま？」

そこには、ずっと見つめていた姿があった。

深い青い瞳がわたしを見る。

身体をひねり、リヒト様の腕から逃れようとするが逃れられない。

「あぁ、そうだ、私だ。なんで何も言わずに出ていった!? 私が、どれほど心配したと思っているんだ」

「離婚届は置いておきましたが……」

「違う、そうじゃない！ なんで、そんなものを置いて黙って出ていったんだ？」

リヒト様が理解できないというように問う。

けれど困るのはわたしの方だ。

当然のことをしただけなのだから。

「……呪いを解くための婚姻でしたから、解けたのなら解消するのが筋かと」

「誰にそんなことを言われた？ 無駄に群がってくるご令嬢達か？ 使用人達……はあり得ないな、彼らは私の意思をいつだって尊重してくれていた。そうなるとまさか父上か!?」

「いえ、誰にも何も言われておりません。常識的に考えて、あのままリヒト様の妻として居座るのはあり得ないと思ったまでです。……わたしは、没落聖女ですから」

呪われていたとはいえリヒト様は第三王子。

没落寸前の伯爵家令嬢、それも聖女にもなれなかった拙い治癒術師であるわたしとは、本来なら無縁の方だ。

けれどリヒト様に呪いという大きな傷があったから、婚姻が成立してしまっていたのだ。

ただでさえ不釣り合いな婚姻だったのに、呪いが解けたのならどうだろう。

美しいリヒト様の隣に立つのが没落聖女のわたしでは、誰が見ても釣り合わない。

銀の仮面を外したリヒト様は、誰もが見惚れる美貌の方なのだ。

醜くはないものの、さしたる美しさも持たないわたしが、どうしてそばにいられるだろう。

リヒト様は、呪いに臆さないわたしを好ましく思っていてくださったけれど、その呪い自体がもうないのだから。

「……君を、愛することはない」

苦しげに、リヒト様が呟く。

「えぇ、わかっています」

きちんと理解している。

だから、大丈夫。

「いいや、少しもわかってない！　いいかい、アリエラ・ファミルトン。君はもうアリエラ・アールストンじゃない。アリエラ・ファミルトンだ。私が君をこれ以上愛することはない。もうすでに最大限愛しているんだ、これ以上愛しようがない。どうか、私から離れられるなどと思わないでくれ」

ぎゅっと。

抱きしめる腕に力が籠もる。

そんな。

まさか、本当に？

「答えてくれ。君は、私が嫌いか？」

リヒト様の青い瞳が、わたしを見つめる。

嫌い？

そんなわけがない。

初めて会った時から惹かれていた。

だから、せめて友達になりたいと願った。

嫌いだったなら、嫌うことができたなら、呪いを解こうなどと思わなかった。

「没落聖女、ですよ？」

「君が没落聖女なら、私は元呪われ王子だ」

「トルティレイ姫のように、美しくもないのです」

「柔らかなアッシュグレイの髪も、いつでも優しい榛色の瞳も、私にとってはかけがえのないものだ。私にとって大切なのは、アリエラがアリエラであるということだ」

「ささやかな治癒魔法しか使えません」

「そのお陰で、私は呪いから解き放たれ、君を堂々と愛する権利を得たんだ。誇ってくれ」

「でも……っ」

「もう黙ってくれ。私は、君しか愛していないいんだ」

「幸せになってほしいんです。今までずっと、苦しんだ分、ずっとずっと幸せでいてほしいんです」

「私の幸せは君の隣だ。頷いてくれ、共に歩むと」

もう一度強く抱きしめられ、わたしは、涙が堪えられない。

いいのだろうか。

本当に、わたしで。

リヒト様を見つめ、わたしは頷く。

嬉しさがこみ上げる。

「二度と離さない」

そう言ってくださるリヒト様をわたしも抱きしめ返した。

◇◇◇◇◇

晴れ渡る空に目を細める。

「よい天気だね」

そう言ってわたしの隣に並ぶのは、リヒト様だ。

白いスーツ姿のその胸元には、わたしが作り出した治癒魔法の花が飾られている。

『お互いの色を身に着けるのも良いけれど、魔法の花をつけるのもいいと思う』

そういったリヒト様の案を採用して、わたしの髪とドレスにはリヒト様が作り出した魔法の花が飾られている。

彼が作り出した花は光魔法の金色だ。

きらきらと金の粉が光の粒になって舞い散っている。

今日は、わたしたちの結婚式だ。

『もう一度、式を挙げよう』

リヒト様にそう言われたときは、驚いた。

なぜですかと問うわたしに、リヒト様は
『最愛の人と結婚したんだ。皆に祝われたいのは当然だろう?』

と言ってのけた。

わたしの顔が真っ赤になったのは言うまでもない。

リヒト様の呪いが解けたことは、国民に知れ渡っていた。

花祭のあの時、バルコニーから魔法の花を降らせるリヒト様の姿を、大勢の国民が見ていたのだ。

それと同時に、隣に並ぶトルティレイ姫のことも噂になっていた。

あの美しい女性は、誰なのか。

リヒト様の隣に並んでいるのだから、婚約者なのではないのかと。

たぶんリヒト様が大々的にわたしとの結婚式をやり直したいと願う理由は、そのあたりのことも絡んでいるのだろう。

豪奢《ごうしゃ》に飾られた馬車がわたし達の前に止まる。

「さぁ、お手をどうぞ」

リヒト様にエスコートされて、わたしも馬車に乗り込む。

天蓋のない馬車は周囲をよく見渡せて、そして周りからもわたし達がよく見えた。

馬車に繋がれた白馬が嘶《いなな》き、ゆっくりと歩き出す。

まるで凱旋《がいせん》のようだ。

花吹雪と共に、国民達からの祝いの言葉が道の左右から降り注ぐ。

わたしはその声に笑顔で手を振って応える。

とてもどきどきする。

「緊張してる？」

リヒト様に笑顔で囁かれ、こくりと頷く。

皆がわたし達を祝福してくれているのだ。

とても嬉しくて、そして同時に恥ずかしい。

目抜き通りを真っ直ぐに、王城に向かって進んでいく。

「私だけを見ていればいいよ。ずっとずっと、一緒だから」

降り止まない花吹雪の中、リヒト様が愛をささやく。

そんなことを言われてしまうと、別の意味でどきどきしてしまう。

王城に着くと、花祭のように楽団が盛大に音楽を奏でた。

陛下に王妃様、ガーゼルク様にロットア様、それにローゼア姫にユリエット姫が並んでいる。

そしてその隣には、トルティレイ姫。

リヒト様の呪いを解いてから、お会いするのはこれで二度目だ。

彼女は隣の従者の手を取り、幸せそうに微笑んでいる。

『彼女には、想い人がいるそうだよ』

リヒト様からそう聞いてはいたけれど、まさか従者だったとは思わなかった。

でも言われてみればそうだったのかもしれない。

呪いを解くとき、部屋の中にどうにか入れないかと頼み込んできたのは彼だったから。

二人の間に見える信頼感に、わたしはほっとする。

彼女にも、どうか幸せになってほしいと思う。

「アリエラ、本当におめでとう！」

花吹雪をかけながら声をかけてきた人を、わたしは二度見する。

「ルーナお義姉様？　お身体の具合はよろしいのですか」

外出などとてもできなかったはずのお義姉様が、自力で立って微笑んでいるのだ。

「王家からの医師団の治療が適切で、ここまで回復できたんだ。アリエラ、全部お前のおかげだよ。ありがとう」

「ベネディット兄様、それならお礼はリヒト様にお願いします。わたしなんかを受け入れてくださったのはリヒト様ですから」

「そうだね、リヒト様、この度はご結婚本当におめでとうございます。妹を、どうぞよろしくお願いします」

セリオット兄様がリヒト様に深々と頭を下げる。

「アリエラさん、本当におめでとう。貴方が娘になってくれて、改めてお礼を言うわ」

涙ぐむ王妃様に、わたしは深くカーテシーをする。

「お礼を言うのは、わたしのほうです。わたしを信じてくださり、ありがとうございました。リヒト様の魔法の花は堪能できましたか？」

花祭でリヒト様の魔法の花を見たいと王妃様はおっしゃっていた。

その願いは叶ったはずだ。

けれど王妃様は少し浮かない顔をされてしまった。

「ええ、とても素敵だったわ。でもね、わたくしは、貴方とリヒトの魔法の花が見たいわ。二人で並んでいるのが素敵だと思うのよ」

「ふむ……それならば、いまここでやればよいのではないか」

「父上、無茶をおっしゃらないでください」

「そうかのぅ？　アリエラはどうだろうか」

「できると思います」

花祭で魔法の花を作り出せるようにこっそり練習していた。

だからわたしは迷うことなく答える。

リヒト様と目配せする。

二人、手を繋いで、もう片方の手を前に出す。

その指先から、リヒト様とわたしの魔法の花が溢れ出した。

控えていた王国魔導師が魔法の花を風に乗せて舞い散らす。

お父様が、お母様が、お兄様達が、その場にいる皆が次々と魔法の花を作り出す。

視界が魔法の花で埋め尽くされ、青空に花びらが舞い上がる。

リヒト様が晴れやかな笑顔を向ける。

わたしも、笑顔で答えた。

ｆｉｎ

引きこもり姫とお菓子の従者

物心ついた頃から、わたしの世界は悲しみに彩られていた。

お母様は身分の低い貴族の出身で、いつも泣いていたように思う。

娘であるわたしは、お母様に抱きしめられた覚えがない。

侍女たちが話しているのを聞いたことはある——お母様はわたしの陛下によく似た瞳を厭《いと》っているのだと。

わたしの顔立ちは、お母様によく似ていると思う。

髪の色もそう。

アッシュグレイの髪色は、お母様によく似ている。

癖っ毛なのはお父様と同じだ。お母様はさらさらとした真っ直ぐな髪をしている。

けれど榛《はしばみ》色の瞳は陛下と呼ばれるお父様と同じなのだ。

だからだろうか。

侍女達からは、お母様には近づいてはならないとよく言い聞かせられていた。

わたしを見ると、お母様の悲しみが深まるからと。

幼かったわたしは、その意味がよくわからなくて、でもお母様に会いたくて、遠くから、そっと眺めていることが多かった。

わたしよりも一つ年上のブライトリお兄様は、そんなお母様のそばにいつもいた。

青色の瞳と、アッシュグレイの髪色のお兄様は、お母様の色彩と顔立ちを受け継いでいた。

いつ見ても泣いているお母様も、お兄様といるときは微笑んでいる。

だから、とても羨ましくて、ある日、侍女達の目を盗んでお兄様のそばに駆け寄った。

お兄様と一緒なら、お母様も笑ってくれるかと思って。

「近寄るな、このっ、くずっ」

「きゃっ」

思いっきり突き飛ばされて、わたしはその場に倒れ込んだ。

どうして？

お兄様はどうしてわたしを突き飛ばしたの？

わけもわからず泣くわたしを、お母様はまるで見えていないかのようにお兄様に駆け寄った。

「ブライトリ大丈夫？　どこも痛くない？」

「何ともありませんお母様。それよりお前達、なんでこいつをこの部屋に入れたんだ！」

わたしを助け起こしてくれた侍女のマーサがお兄様に責められる。

マーサはとても優しい侍女で、彼女に髪をとかされると痛くなかった。

「おかあさまにあいたくて、だから、だから……っ」

「お母様……？」

わたしと目が合ったお母様は、途端に青い瞳に涙を浮かべる。

どうして泣かれるのかわからない。

「っ、お前はお母様なんて呼ぶな！　お前たち、今後は決してこいつを近寄らせるな！」

お兄様が憎々しげに叫んで、お母様と共に去っていく。

残されたわたしを、マーサが抱きかかえて部屋に連れ戻した。

「よいですか、トルティレイ姫。どうか、むやみやたらに出歩くことのないようお願いします」

わからなかったけれど、頷いた。

わたしが勝手に出歩くと、マーサが怒られる。

それに、お兄様も怒って、お母様も悲しむ。

だから、会いたくとも我慢しようと思った。

どうしてお母様とお兄様に嫌われるのかわからなくて、けれどそれを知ることになったのはやはり侍女たちの噂話《うわさばなし》だった。

お母様には、本当はお父様とは別に好きな人がいた。

なのに、美しいお母様を気に入ったお父様が、無理やり後宮に連れてきてしまったのだと。

下位貴族のお母様に拒否権はなく、泣き暮らしているのだと。

だからお母様はわたしを嫌う。

お父様と同じ色彩を持つわたしを見たくないのだ。

(お母様と、同じ瞳の色だったらよかったのに)

鏡を見るたびに、榛色の瞳が嫌になった。

それでも、五歳になるまではまだ幸せだったのではと思う。

貴族、それも王族なら、五歳頃までに魔力が扱えるようになる。

自分自身の魔力を魔法として使えるのだ。

お父様は国王だけれど、お母様が下位貴族のわたしとお兄様は、さしたる魔法は使えないと思われていた。

実際、ブライトリお兄様は下位貴族らしい魔力量しか持たず、使える魔法も初歩的なものばかりで、王族としては足りないとなじられていたらしい。

けれどお兄様は、魔法を使うことができた。

それなのにわたしは、魔法を使うことすらできなかったのだ。

お母様に疎まれ、父である国王陛下に忘れ去られているような王女であっても、家庭教師はつく。

王族として最低限のマナーと教育は施《ほどこ》されるのだ。

魔力を教える王宮魔導師も当然ついていた。

けれどわたしは、五歳になっても一切魔法を使えずにいた。

どれほど魔力について教わっても、自分の中に蠢《うごめ》く何かを受け入れることができず、扱うなんてできなかった。

怖かったのだ。

お兄様達の暴力のようで。

「なんでお前はお母様を苦しめることばかりするんだよ！」

わたしが魔法を使えないことが知られると、ずっと関わりのなかったブライトリお兄様が部屋に乗り込んできて、怒鳴ってきた。

また、殴られる。

胸倉を摑まれると、殴られるより早くマーサが間に入ってくれた。

わたしの服の下にはいつも痣《あざ》があった。

ブライトリお兄様だけではなく、お母様の違う姉妹達にもよく叩《たた》かれていたからだ。

「ブライトリ王子、どうか怒りをお鎮《しず》めください。トルティレイ姫はまだ五歳です。これからできるようにきっとなりますから……」

「誰が発言を許した？　お前はお母様のお気に入りだからといって、偉いわけじゃないんだぞっ」

「わかっております。ですが、トルティレイ姫を責めても今すぐに魔法を扱えるようになるわけではございません。これから王宮魔導師が来る時間です。ただでさえ遅れているトルティレイ姫の授業をこれ以上遅らせたら、ダリア様の名誉が傷つきます」

「お母様のか……くそっ、早く使えるようになれ！」

お母様と同じ青い瞳を怒りに吊り上げながら、お兄様は去っていく。

「マーサ、ありがとう……」

「いいえ、いいえっ、姫様が悪いのではありません。貴族であっても魔力を扱えないことはあるのです。ダリア様も決して魔力が多い方ではありませんでした。ですから、どうか、無理のない範囲で学んでいきましょう？」

マーサが笑ってくれて、だからわたしはもっと頑張ろうと思えた。

けれど気持ちとは裏腹に、いつまでたっても魔力を扱えるようにはならなくて。

それから二年経っても、わたしの魔力は使えるようにはならなかった。


「トルティレイ姫は、七歳にもなって魔力を扱えないのねぇ」

いつもは自分の部屋で過ごしているわたしも、稀《まれ》に部屋の外に出ることがある。

数か月に一度開かれる後宮のお茶会などがそうだ。

嗤《わら》っているのは、お母様よりずっと上位の貴族の側妃を母に持つグルダーナお義姉様だ。

どのお義姉様もわたしに会うと意地悪をするのだけれど、グルダーナお義姉様は特にひどい。どこから見ているのか、マーサが離れた時に現れてはわたしを叩いたりするのだ。

どうしてそんなに嫌うのだろう。

「うねっている髪も気味が悪いわ。あなたってほんと、何もかもが駄目よね」

他のお義姉様も一緒になって嗤う。

くすくすと嗤われるのはいつものことで、けれどわたしが泣くとより一層相手を喜ばせることを知っていたから、俯《うつむ》いてやり過ごす。

けれど今日はそれではダメだった。

「ねぇ、こんなにみすぼらしいのだもの。洗ってあげましょうよ！」

「とってもいい案だわ！　ほら、こっちに池があるっ」

グルダーナお義姉様がわたしの腕を引っ張った。

マーサは側にいない。

「やっ……やめて……」

「なに、逆らうの？　わたくし達が親切でやってあげてるのに！」

必死に抵抗しても、手を離してはもらえなかった。

怖いっ！

「そうよ、ほらっ！」

どんっと。

力いっぱい池に向かって突き飛ばされる。

(苦し……いっ………)

水の中で息ができない。

重いドレスが身体にまとわりつき、もがいて必死に手を伸ばしても何も摑めない。

(助けて………っ)

喉はごぼごぼと空気を吐き出すだけで声にならない。

遠のきかける意識の中、ドボンという大きな音と水しぶき、それと一緒にわたしは誰かに引き寄せられた。

「大丈夫!?」

空気が一気に肺に入り、答えられない。

涙が出た。

どうしてこんな目に遭《あ》うのだろう。

身体の中で何かがぐるぐると渦巻《うずま》いて気持ち悪い。

「ユリエットお姉様、ちっとも大丈夫じゃないと思うわ。その子真っ青よ」

「えぇ、えぇ、そうよね。ローゼアの言う通りだわ。こんな寒い日にこんなこと……あぁ、タオルをありがとう、わたくしが拭くわ」

ユリエット姫と呼ばれた人が侍女からタオルを受け取って、わたしを拭《ふ》いてくれる。

グルダーナお義姉様や他のお義姉様達が慌てているのがわかった。

「貴方達、こんな小さな子に何しているのよ。恥を知りなさい!」

「誤解ですわっ、その子が汚れていたから、洗ってあげようとしただけです。ねっ、みんなだってそうよね！」

「そ、そうです……」

グルダーナお義姉様に合わせて、みんな頷く。

そんな様子にユリエット姫は怒りを募らせたようだ。

わたしを拭いていたタオルを侍女に預け、一歩、グルダーナお義姉様に近づく。

「そう、ならば同じことをしてあげるわ。全員池に入りなさい」

ユリエット姫がグルダーナお義姉様の腕を引っ張ると、思いっきり池に突き落とした。

「た、助けっ、誰か助けっ！」

「あら、貴方は池で洗うんでしょう？　好きなだけ洗っていいのよ。見ていてあげるわ」

グルダーナお義姉様と一緒にいた皆は、おろおろとして誰一人助けに入らない。

いつもグルダーナお義姉様に従っていたのに。

皆、ユリエット姫の顔色を窺《うかが》っているようだ。

「お、お願いしますっ、誰か、誰か助けて……っ」

「馬鹿ね。その池は貴方なら足がつくわよ」

ユリエット姫が言い切ると、はっとしたようにグルダーナお義姉様が立ち上がる。

そのお顔が、羞恥《しゅうち》でかぁっと赤く染まった。

わたしよりもずっとずっと身体の大きかったグルダーナお義姉様なら、池はさほど深くなかったようだ。

「いいこと？　これに懲りたら二度とこの子を虐《いじ》めたりしないで頂戴」

ぱんぱんっとユリエット姫が手を叩くと、グルダーナお義姉様達はお詫びして走り去っていった。

「あの子も馬鹿よね。ユリエットお姉様の前で嘘をつくなんて……ねぇ貴方、トルティレイ姫よね？」

ローゼア姫がグルダーナお義姉様に呆れたようにため息をついて、わたしを振り返る。

「は、はい。トルティレイ、です……」

「やっぱり！　あのダリア様にそっくりだからすぐにわかったわ。本当に可愛いから嫉妬《しっと》されちゃってるのよね」

可愛い？

ローゼア姫の言葉に首をかしげる。

何かの間違いじゃないだろうか。

わたしはいつもみすぼらしいとか、屑とかしか呼ばれてこなかった。

「きょとんとしてる。今まで言われなかったのかしら。貴方はとても可愛いわ」

ユリエット姫もローゼア姫に同意する。

二人の方がずっとずっと綺麗《きれい》なのに。

「ねぇ、そんなに緊張しないでよ。わたくし達も貴方の義姉なのよ？」

「えっ……おねえさま……？」

「そうよ。わたくしのことはユリエットお義姉様と呼んでね。いつもは後宮には来ないのだけれど、たまたま立ち寄ったらこんなことになっているのだもの。驚いたわ。大方拭いたけれど、このままじゃ間違いなく風邪をひくわよね」

「ユリエットお姉様、わたくしの小さな頃のドレスがまだあったはずだわ」

「そうね、そうしたらそれに着替えてもらいましょう。わたくし達の部屋に連れていくわね。あぁ、心配しなくとも大丈夫よ。ダリア様達にはこちらから連絡を入れておくわ」

強引とも言える勢いでユリエット姫がわたしを抱きかかえて歩き出す。

この時、わたしは気づいていなかったのだけれど、池に落ちただけじゃなく、ドレスがそもそもありえないほどにみすぼらしかったのだ。

一目見て、ユリエットお義姉様は異常に気づいたらしい。

それからは、怒涛《どとう》の展開だった。

正妃の娘であるユリエットお義姉様の鶴《つる》の一声で、わたしの待遇は改善された。

勉強ができなければ食事を抜かれることもよく合ったのに、それがなくなった。

いつも叩いてきたり意地悪をするグルダーナお義姉様とも会わなくなった。

お菓子《かし》なんて食べたこともなかったのに、ユリエットお義姉様とローゼアお義姉様がわたしの部屋まで来てくれて、お土産《みやげ》だと言って食べさせてくれた。

幸せだった、と思う。

——けれどそのつかの間の幸せは、花祭で全て壊れることになる。


「ねぇ、ランドネル王国に行くのだけれど、トリィも一緒にどうかしら」

わたしの部屋にユリエットお義姉様が遊びに来るようになって早数か月。

唐突にそんなことを言われて首を傾げる。

「ランドネル王国へ一緒にですか……？」

招待されているのは、ユリエットお義姉様とローゼアお義姉様だけではないのだろうか。

正妃の娘であるお二人は、様々な国に訪問している。

「あの国では毎年花祭があるのよ。以前見たことがあるのだけれど、花びらが舞い散る王都はとても素敵よ。トリィも一度見たら忘れられない思い出になると思うわ」

本で学んだことがある。

本物の花と共に、魔法の花を振り撒くのだと。

魔法の花はすぐに消えることなく残るから、花祭の記念にお土産として持ち帰るものもいるらしいとか。城下町でも魔法の花は加工して売られているらしい。

「でも……」

わたしなんかが一緒に行っていいものなのだろうか？

ランドネル王国とシロコトン王国は共通語を使用しているから会話は問題ないだろう。

けれど侍女はどうしよう。

マーサはお母様の侍女であってわたし付きではない。一緒に行くのは難しいだろう。

「あぁ、身の周りのことなら心配しないで？　わたくしとローゼアの侍女を多く連れて行くから」

ユリエットお義姉様はそう言ってくれるけれど、わたしは正直お義姉様達の侍女は苦手だった。

ブライトリお兄様やグルダーナお義姉様のように叩いてくることはないし、髪も服も整えてくれるのだけれど、なんとなく怖いのだ。

「実はね、ランドネル王国のリヒト王子とのお見合いも兼ねているのよ」

「ユリエットおねえさまはご結婚なさるのですか」

「ふふっ、結婚はまだ先だけれどね？　わたくしかローゼアがランドネル王国に嫁ぐことになると思うわ。釣書に描かれていたお顔がとても素敵だったの」

ユリエットお義姉様は綺麗なものが好きだ。綺麗な人も大好き。

だからきっと、ランドネル王国のリヒト王子は、とても美しい人なのだと思う。

「わたくしも久しぶりにロットア王子に会えるのよ」

「ローゼアは彼と親しいものね？」

「し、親しいっていうか、遊学先で一緒だっただけよ。べ、べつに、将来を誓ったりはしていないし」

言いながら、ローゼアお義姉様のほっぺたが赤く染まる。

きっと、とても好きな方なのだろう。

「今回の滞在は少し長くなりそうだから、トリィを残しておきたくないのよね……」

ぽつりと呟かれた言葉にはっとする。

ユリエットお義姉様とローゼアお義姉様がいない間は、わたしは一人になってしまう。

最近は殴られることがなくなったけれど、お義姉様たち二人がいないときはどうだろう。

（また、池に落とされる……？）

あの時、たまたま通りかかったユリエットお義姉様が助けてくれなかったら、きっとわたしは死んでいたのではないだろうか。

ブライトリお兄様だってまた部屋に乗り込んでくるかもしれない。

ぶるりと身体が震える。

「……花祭を見てみたいです」

本当は怖かっただけだけれど、そう言ってみる。

ユリエットお義姉様が見せてあげたいと言うのだから、きっと花祭も綺麗なんだと思う。

「そうよね、女の子だもの。花降る街を見てみたいわよね。お父様にさっそくお願いしておくわ」

「それならわたくしはトルティレイのドレスを選んでおくわ。一緒に仕立てちゃえば文句も出ないでしょ」

二人とも行動が本当に早くて、すぐにお父様から許可が降りたし、数日後にはよそゆきのドレスも数着出来上がってきた。

お義姉様達が嬉しそうだから、わたしも嬉しくなって、ランドネル王国に行くのがどんどん楽しみになっていた。

――行かなければ、彼と出会いさえしなければ。わたしがすべてを壊すことはなかったのに。

◇◇◇◇◇◇

ランドネル王国は、噂通り花の国だった。

転移魔法陣で転移すると、花の甘い香りが充満していた。

転移魔法陣の周囲には色鮮やかな花々が飾られ、足元にも花びらが敷き詰められている。

(踏んでしまうのが申し訳ないわ……)

お義姉様達は堂々と歩くのに、わたしはどうしても戸惑いながら歩いてしまった。

そんなわたしに、ユリエットお義姉様は手を貸してくれる。

ローゼアお義姉様も、わたしの歩く速度に合わせてゆっくりと歩いてくれた。

転移魔法陣から謁見の間までの間にも埋もれるほどの花が飾られていて、まるで、お花畑の中にいるようだ。

すぐにでもユリエットお義姉様に話したかったけれど、ここは他国。

黙って回廊を進んでいると、段々緊張してくる。

豪華な客室で身支度を整えてもらった後、わたし達はパーティー会場へ案内された。

会場のいたるところに不思議と輝く花が飾られており、思わずきょろきょろとしそうになる。

それをぐっとこらえて、ユリエットお義姉様とローゼアお義姉様のあとに続く。

ランドネル王国の王族がずらりと並んでいるのを見ると、緊張で倒れそうだ。ついつい、俯きぎみになる。

国王夫妻にユリエットお義姉様が代表で挨拶をし、次に、一番背の高い王子が挨拶をする。

「初めてお目にかかります。ランドネル王国王太子ガーゼルク・ランドネルです」

「ガーゼルク様？　リヒト様ではなく？」

「リヒトは弟です」

「初めましてユリエット姫。リヒト・ランドネルです」

ガーゼルク様に促されたリヒト様をみて、わたしは息が止まるかと思った。

まるで、そこだけ光が集まったかのようだった。

さらさらと流れる長い金髪を後ろで一つにまとめ、青い瞳は空のようだ。

すっと通った鼻筋と、柔らかな弧を描く口元。

絵本の中の王子様がそこにいた。

ユリエットお義姉様が何か言っていたような気がするけれど、リヒト様に見惚れていてよく聞いていなかった。

お義姉様達がカーテシーをしたので、慌てて真似てカーテシーをする。

リヒト様は、そんなわたしに手を差し出してくれた。

ユリエットお義姉様でなく、わたしをエスコートしてくれるらしい。

わたしの手を握るリヒト様は、少し驚いたような顔をする。

（みすぼらしいせいかな……）

わたしは、ユリエットお義姉様やローゼアお義姉様のように綺麗じゃない。

二人はきらきらとした金髪と、澄《す》んだ青い瞳を持っているのに、わたしはアッシュグレイの髪と榛色の瞳だ。

ローゼアお義姉様が仕立ててくれたからドレスはとても綺麗だけれど、わたし自身はとてもちっぽけで粗末だと思う。

お義姉様達と同じようにきらきらとした金髪のリヒト様にエスコートされていると、とても申し訳なくなってくる。

不意に、リヒト様が手を上げた。

びくりと肩が震える。

咄嗟《とっさ》に声を押し殺して叫ぶのは堪えられたけれど、脳裏にはブライトリお兄様の声が響いた。

『このっ、ゴミ屑！』

殴られた時が思い出されて、どうしても震えてしまう。

ユリエットお義姉様達のおかげで殴られなくなったのに。

不快にしてしまっただろうかと不安になるわたしに、けれどリヒト様は微笑《ほほえ》んだ。

「ほら、髪に花びらがついていたよ」

「は、花びら……」

リヒト様の手には、白い小さな花びらがあった。

この部屋にも飾られている花だ。

「そう。ほら、ケーキにも飾られているでしょう。明日からの花祭では、たくさんの花が見られますよ」

わたしの失礼な態度など気にもしないように、リヒト様はケーキを取り分けてくださった。

「美味しい……」

思わずそう言うと、リヒト様は嬉しそうに微笑む。

お義姉様達と同じだった。

こんなに優しげな人がユリエットお義姉様の婚約者になるのだと思うと嬉しかった。

◇◇◇◇◇◇

次の日はユリエットお義姉様に連れられて、ランドネル王国の城下町に遊びに行った。

ローゼアお義姉様はロットア王子と出かけているらしい。

「リヒトさまと出かけないのですか？」

「そうね、今日はトリィといるわよ」

そう言ってお義姉様は本当にずっとわたしといてくれた。

ランドネル王国は街の中まで花でいっぱいで、とても綺麗だった。

「ね？　わたくしの言った通りでしょう」

ユリエットお義姉様が笑う。

「はい、とても、綺麗です」

花祭に来る前に忘れられない思い出になると言っていたことを思い出す。

美しいものを好むお義姉様が絶賛する景色だ。

白い街並みのいたるところに花が飾られている。ベランダや街路樹、それに店先もだ。

「この小さな花は見たことがあって？」

ユリエットお義姉様が道端に備え付けられた花籠の中から一本を手に取る。

五枚の花弁がすっと細くて、花の周囲を水滴がふわふわと漂っていた。

「水に濡れているのですか？」

「これはね、魔法の花よ。ランドネル王国では花祭の時期は魔力で魔法の花を作り出して街を彩るそうなの。この周囲にある水は水属性で作り出したからしいわ。火属性だと、炎が舞っているそうよ」

つついてみると、普通の花と変わらない手触りだった。

周囲に漂う水滴は水に触れたような感覚があるのだけれど、触れた手が濡れることはなかった。

「不思議でしょう？　花祭の最後には、ランドネル王国の王族みんなでバルコニーから沢山の魔法の花を降らすの。空と街が花で埋まるのよ」

お義姉様が空を見上げるので、つられて見上げてみる。

広がる青空に舞う花はいまはないけれど、きっと素敵なのだろう。

食べられる花のお菓子に花の髪飾り。装飾品も花を模したものが多くて、見ているだけでも楽しかった。

沢山遊んでランドネルの城に戻ると、リヒト様に出くわした。

「リヒト様……」

つい、呟いた。

それを耳ざとく聞きつけたお義姉様が、喜びに満ちた瞳でわたしを見た。

「あら、トリィはもうリヒト様と仲良くなったのね」

そういうユリエットお義姉様に否定する間もなく、リヒト様が笑顔で頷く。

「彼女を私に預けてもらっても？」

「えぇ、もちろんです。トリィはリヒト様と過ごすといいわ」

二つ返事で答えられて、わたしはなんとか返事をする。

「はい、おねえさま」

けれど正直どうしていいかわからない。

リヒト様は優しい人だと思うけれど、お義姉様の婚約者候補で、ランドネル王国の王子様なのだ。

一緒にいると何か粗相《そそう》をしてしまいそうだ。

（えっ？）

戸惑っていたら、ひょいっと抱きかかえられた。

驚きすぎて声も出せないわたしに、リヒト様は気づくことなく歩き出す。

（えええええええ？）

リヒト様の綺麗なお顔がすぐそばにある。

この日は何を話したのか正直あまり覚えていない。

ただただ緊張し続けていたと思う。

でもこの日から、わたしはリヒト様に魔力の扱い方を教えてもらえることになった。

どうしてリヒト様がそうしようと思ったのかはわからない。

けれどお義姉様達のように魔法が扱えるようになったらいいとはずっと思っていたから、一生懸命練習した。

「ゆっくりと、私の魔力を感じてみて。魔力はね、怖いものではないから」

わたしの手を包み込むリヒト様の手の平から、暖かい何かが渦巻いている。

それは、わたしの中にある何か大きな、とても怖い何かによく似ていて俯きたくなる。

「なにかね、怖いものが、身体の中にあるの。それが動く感じがするの……」

上手く伝えられないわたしに、リヒト様は怒ることもなく頷いて、根気よく教え続けてくれた。

そうしているうちに、わたしは段々と魔法が使えるようになっていき、魔法の花まで作り出せるようになった。

わたしが作る魔法の花は、氷の魔法の花だった。

すっと細い五枚の花弁は他の魔法の花と同じだけれど、氷属性だからか小さな雪の結晶が周囲にいくつも煌めいていた。

ユリエットお義姉様もローゼアお義姉様も、そしてリヒト様も。

みんなが喜んでくれるから、これはとても素敵なことだと思えた。

なのに…………。


花祭の最後の日。

「連れてきてよかったわ。リヒト様とは未来の兄妹だものね。仲良くなってくれて嬉しいわ」

ユリエットお義姉様にそう言われた時。

わたしの中にずっと溜まっていた怖い何かが、大きく蠢くのを感じた。

「…………いやよ……」

止まらなくて苦しくて、お義姉様もリヒト様も大好きで。

家族になれたら嬉しいと思っていたのに苦しくて。

リヒト様がはっとしてわたしを抱きかかえてバルコニーから引きはがす。

「いや、嫌よ！　奪わないで、どこにもいかないで、一人にしないで！」

どうして叫《さけ》んでいるのかわからなかった。

自分の声で自分の言葉で、なのに何も思い通りにならなくて。

「大丈夫だよ、私は誰のものにもならない、大丈夫」

リヒト様がわたしを強く抱きしめて、何度も何度も大丈夫だと背中をさすってくれて。

涙で視界が曇《くも》る中、黒い何かが見えた気がして。

怖くて必死にリヒト様に手を伸ばして。

――わたしの意識は、そこで途切れた。

◇◇◇◇◇◇

――呪い姫だわ
――こんなところを何故うろついているのかしら。
既《すで》に耳になじんだ蔑《さげす》みの言葉に俯きながら、わたしはシロコトン王国の後宮にいる。
花祭で意識を失った後、わたしに訪れたのは絶望だった。
わたしには伝えられることはなかった真実。けれど人の口に戸は立てられない。
『隣国の王子を呪った呪い姫』
そんなあだ名で呼ばれるようになるのに時間はかからなかった。
「……わざと、呪ったわけではないわ……」

小さく呟いても、どうにもならない。

ユリエットお義姉様とはずっと会えていない。

ローゼアお義姉様とは一回だけお会いできた。

『貴方のせいじゃないわ。気にしちゃだめよ。でもね、お義姉様は立場上、もうトリィとは会うことができなくなったの』

こっそりとお忍びで後宮まで会いに来てくれたローゼアお義姉様とも、もう会えない。

呪い姫と呼ばれるわたしに会うことを、周囲が禁じたからだ。

「うっ……どうして……っ」

裏庭に隠れてうずくまる。

部屋に戻ればブライトリお兄様に殴られるからだ。

『お前はっ、どうしてお母様を苦しめてばかりいるんだよ！　お前のせいでっ、お母様の心は壊れたんだぞ！』

呪い姫となったわたしのお母様は、他の側妃だけでなく、お父様にも責められたらしい。

もともと泣き暮らしていたお母様は、もうわたしを見ても誰なのかすらわからなくなってしまっていた。

（なんで、わたしは生まれてきたの……？）

ユリエットお義姉様の婚約が破談になったことも知っている。

わたしがリヒト様を呪ってしまったせいだ。

あんなにも大事にしてくれたお義姉様の幸せを、わたしは壊したのだ。

ランドネル王国で使えるようになった魔力も、再び扱えなくなってしまった。

「……ねぇ、大丈夫……？」

恐る恐るというように、肩に手を置かれて振り返る。

そこには、見たことのない男の子がいた。

さらさらとした銀髪に、黄緑色の瞳の男の子は、心配そうにわたしを見下ろしている。

わたしと目が合うと、黄緑色の細い目を大きく見開いた。

「あなた、だれ……？」

「僕は、オンセルム・オブバレー。ずっと泣いていたよね？　これ……」

綺麗な刺繍入りのハンカチを手渡された。

お礼を言って涙を拭う。

「ねぇ、良かったら、僕に話してみない？」

「お話しして、どうにかなることではないわ」

きっと、オンセルムは知らないのだ。

わたしが呪い姫だということを。

いまブライトリお兄様ぐらいしかわたしを殴りに来ない。

みんな、遠巻きに見ている程度だ。呪われると思っているのだろう。それは、ある意味では幸運だった。守ってくれるユリエットお義姉様がいなくても、池に突き落とされることはもうないのだから。

わたしが呪い姫なのだと知ったら、オンセルムも離れていくのだろう。

なら、何も言わない方がいい。

「でも……」

「あんまりそばにいると、呪うわよ」

断ってもそばにいようとする彼に、わたしは言い切る。

いい人だというのが一目でわかった。だからこそ、わたしのそばになどいてはいけない。

一緒にいるところを見られたら、きっとオンセルムも噂されてしまう。

もう誰も巻き込みたくなかった。

呪うという言葉に驚いたのか、それともわたしが心配なのか。

きっと後者だろう。

その場を動かないオンセルムにしびれを切らして、わたしは逃げるようにその場を立ち去った。

◇◇◇◇◇◇

「……どうして、ここに来たの?」

離宮でも人のいない図書室で、オンセルムに声をかける。

わたしについていた最低限の家庭教師もいなくなったから、自分で学ぶしかなくて図書室にいることが多かった。

普通は家庭教師がついているから、図書室に来ることはないのだ。

わたしの住む場所は後宮から離宮になった。

呪いを恐れた誰かから、お父様に進言があったらしい。

故意に呪ったことなどないのだけれど、それはつまり、いつ誰を呪うのかもわからないから。

幸い、居住を移されたのはわたしだけで、お母様とブライトリお兄様はそのまま後宮に残っている。

「調べものをしたくて」

細い目を困ったようにさらに細めて、オンセルムはそんなことを言う。

明らかに嘘だった。

だって、ここにいるということは彼は王宮にも出入りすることができる身分ということ。

王宮にも図書室はある。むしろもっと大きくて立派な図書館が併設されているのだ。こんな誰もいない粗末な図書室に調べものに来る理由なんてない。

「ごめん、本当は泣いていたから、気になって」

いい人だな、と思う。

でもだからこそわたしのそばにいたら、駄目だと思う。

どんな噂の的にされるかわからないのだ。

それに、本当に、わたしは呪ってしまうのかもしれなくて。それが本当に怖かった。

「気にしないでほしいわ。わたしが泣いていたのは、貴方のせいじゃないのだし」

わざわざ会いに来てくれた人にこんな言い方はないと思う。

でもわたしにはどうしていいかわからないのだ。

後宮の誰かに見つかれば、呪い姫と懇意にしていると噂されてしまう。そうなったら彼の未来が閉ざされかねない。

わたしと一緒にいないこと。

それ以外に、わたしが彼を守る方法なんて思いつかないのだ。

「隣、いいかな？」

冷たくしているのに、彼はめげずにそんなことを言う。

「……わたしの場所じゃないもの。勝手にすればいいと思うわ」

オンセルムは本を読むわたしの隣で、じっとわたしを見ている。

正直気が散って仕方がない。

ちょっと本から目を上げて隣を見ると、黄緑色の瞳が嬉しそうに細まって、わたしは途端に居心地が悪くなる。

（やっぱり、少し離れてもらった方がいいかな……）

誰かに見られることはまずないと思うけれど、侍女が様子を見に来ることはあるかもしれない。

そう思って、少し離れてと言おうとしたら、お腹が鳴った。

「あっ……」

聞こえないふりをしようかなと思ったのに、もう一度、さっきよりも大きく鳴ってしまった。

（聞こえたよね……）

オンセルムを見ると、彼のお腹が鳴ったわけじゃないのに、彼の方が真っ赤になっていた。

「どうしてあなたが赤くなるの」

「ご、ごめん、凄《すご》く、可愛《かわい》くて……」

耳まで真っ赤になりながら言われて、わたしまで赤くなる。

「そろそろ部屋に戻るわ。貴方も、戻った方がいいわ。ここよりも、王宮の図書館の方がずっとずっと本は多いわよ」

知っているとは思うけれど、一応言っておく。

わたしを心配してきてくれた彼だけれど、だからもうここには来てほしくなかった。

けれど彼はとてもあり得ないことを言い出した。

「僕も、ついていっていい？」

「えっ」

「駄目《だめ》、かな……？」

人好きのする顔に困惑を浮かべて、首をコトンと傾ける。

何とも断りづらい。

（でも、お昼を見られてしまうのは困るわ）

昼食は多分あるとは思う。

たまに何もないこともあるけれど、それは主に後宮が忙しい時だ。それ以外の時は、あまり忘れられることはない。

「わたしは、人に見られながら食事をするのが苦手なの」

食事時だからと言えば諦めてくれるだろうか。

できれば諦めてほしい。

そう思いながら彼を見ると、とてもしょんぼりとされたけれど諦めてくれた。

彼が王宮の方に去っていくのを見て、ほっとする。

ゆっくりとわたしだけしかいない部屋に戻る。

とても小さな部屋だ。

使用人と変わらない、もしかすると、それ以上に。

使い古されたテーブルの上に、パンと冷めたスープの入った籠《かご》が置かれていてほっとする。

王族としてあり得ないほど質素な食事だということはわかっている。

けれど食事をもらえるだけよいのだと思う。

呪いを振り撒くような存在なのだから。

「やっぱり、なんて酷《ひど》い……」

不意に上げられた声に振り返る。

「オンセルム、なぜこちらに？」

オンセルムが細い目を見開いて怒りに震えている。

いつ後ろに来られていたのかも気づかなかった。

「そんなことより、貴方はいつもこの食事なの？」

「いいえ、違います。チーズが付いていることもあるわ」

「……それは、違うとは言わないんだよ」

呆れたように言われたけれど、大きな違いだと思う。

「ここって厨房はあるのかな」

「あるけれど、使われていないわ」

わたしの食事は後宮で作られた後、運び込まれている。

この離宮には、ほんの数人の侍女が訪れるだけだ。

「そう、なら都合がいいね。一緒に来て」

オンセルムが片手にパンとスープの入った籠を持って、わたしの手を取り歩き出す。

彼の歩調は速くて、おいつけなくて転びそうになるわたしに気づくとゆっくり歩いてくれたけれど、とても怒っているのがわかる。

けれど彼が何に怒っているのかがわからない。

「あのっ、一体何をするつもりなの？」

「厨房ですることといったら料理だよ。でも今日は、少し温めるだけだけれど」

食材を持ってきていればよかったなと言いながら、彼は厨房にたどり着くと持ち歩いていたのか魔石を取り出してオーブンにセットする。

使われていなかった厨房だけれど、手入れはきちんとされていたらしい。

埃《ほこり》らしい埃もなく、とても綺麗だった。

「あぁ、ちゃんと包丁もあるね」

独り言のように呟いて、彼はてきぱきとパンを切り分けていく。

「っと、ごめん。そこの席に座って待っていてもらえる？　すぐに出来上がるから」

一枚は細かくサイコロ状に切って冷めたスープの中に入れ、もう一枚は半分に切ってお皿にのせてオーブンに入れる。

「この間にホワイトチョコレートを砕いて……」

言いながら、彼は鞄の中からラッピングされたホワイトチョコレートを取り出して刻み始める。

いったい、何が出来上がるのだろう？

すぐにオーブンから良い匂いが漂ってくる。

取り出したパンに刻んだホワイトチョコレートを彼がかけると、すぐにとろりと柔らかくなる。

「いま作れるのはこのぐらいだけれど、明日は、もっといろいろ作るから」

「明日？」

「そう、明日」

そもそも、彼はここにいてはいけない人間なのだけれど、少しもそうは思っていない様子に首を傾げる。

「さぁさぁ、冷めないうちに食べてみて？」

疑問を口にする前に促されて、スープを飲んでみる。

「……とても美味しいわ」

「温かいだけでも、美味しくなるよね」

彼はそう言うけれど、小さく刻まれたパンにスープが染みて、とても美味しいのだ。

チョコレートは甘くてとろりとしていて、パンはサクサクとしていて香ばしい。

「……っ」

不意に、涙が込み上げてきた。

ぽたり、ぽたりと零れ落ちる。

「辛かったね」

詳しい事情はきっと知らないはずなのに、彼はわたしの背をずっとさすってくれていた。

◇◇◇◇◇◇

わたしが呪い姫といわれるようになって、数年が経った。

初めてわたしの部屋を訪れた次の日から、なぜかオンセルムは離宮に住むことになった。

「どうして？」

と当時尋ねたら、

「家庭教師ですよ」

と答えられてしまった。

わたしに家庭教師がいなくなってしまったのは、呪われるのを恐れてのことだ。

自分で制御することができなかったのだから、その判断は正しい。父である国王陛下は政略の駒《こま》として嫁がせることにも使えない呪い姫に、無駄に教養をつけさせる気もないだろう。

だから、呪いを気にせず、ある程度の知識を持った彼はすぐに採用されたのだという。

彼はオブバレー伯爵家の次男だった。

「伯爵家といっても、次男は長男の予備ですしね。幸い、うちの兄は健康そのもので、来年には甥《おい》か姪《めい》が生まれます。僕も叔父さんになるんです」

言いながら、彼は厨房でアップルパイを焼く。

人のいない離宮では、厨房で二人で食事をとるのが日常になっていた。

もともと料理が好きだったという彼は、ここ数年で、特にお菓子作りの腕前はめきめきと上達したと思う。

わたしもお菓子作りをしてみたかったのだけれど、それは止められた。

『お姫様のすることではありませんよ』と。

それを言うなら、伯爵家の次男がすることでもないと思うのだけれど、そこは『僕は家庭教師ですから』と言い切られてしまった。

わたしは包丁すらうまく扱えないのだから、やってみたところで食材を無駄にするだけかもしれない。

けれどいつも美味しい手料理を作ってくれる彼に、何かお礼がしたかった。

(刺繍……ハンカチはどうかな……)

以前泣いていた時に渡されたハンカチは返していなくて。

そのまま返す機会を失って、今はわたしの宝箱の中にそっとしまってある。

刺繍糸も布も、後宮に行けば沢山ある。特に買わずとも余っているものを譲ってもらえるだろう。

離宮から出ることを禁止されているわけではない。

ただ、人に会うのが怖くて、避けていただけだ。

(少しだけなら、許されるかしら)

——そんな贅沢《ぜいたく》な望みを持ったからだろうか。

わたしは、自分がリヒト王子にかけた呪いについて知らなかった。

呪ってしまった事実は知っていても、それがどんな事態をひきおこしてしまったのか知らなかったのだ。

「姫様、ここを開けてください。一体、何があったのですか」

オンセルムが部屋の外から声をかけてくる。

けれどわたしは布団にくるまって耳を塞ぐ。

リヒト王子は。

わたしに優しかった絵本から抜け出てきたような彼は。

呪いのせいで、蔑まれて生きているのだ。

美しかった顔は醜く変貌し、仮面をつけて過ごしていると。

後宮に赴いた際、侍女たちが話しているのを聞いてしまったのだ。

その場からどうやって離宮まで戻って来たのかわからない。

わかるのは、わたしが、あの美しい人を絶望させたということだけだ。

涙が止まらない。

「姫様、もう事情を無理に聞こうとは思いません。今日は引き下がります。ですが、明日からはまた、きちんと食事をとってくださいね？」

オンセルムが辛そうに言い、足音が遠ざかっていく。

わたしは、ただ、泣き続けるしかできなかった。

◇◇◇◇◇◇

「姫様まで顔を隠す必要があるのかな?」

「……少しでも、彼の苦しみを味わいたいの……」

重たいヴェールで顔を覆うわたしを、オンセルムは辛そうに見る。

わかっている。

こんなことは自己満足だ。

わたしが顔を隠したからといって、リヒト様のお顔が元に戻るわけではない。

けれど同じ苦痛を得たかった。

顔を焼こうとしたわたしを止めたのはオンセルムで、だから、ヴェールをまとうことは止めずにいてくれる。

「呪いは、いつになったらリヒト様を解放してくれるの……」

オンセルムが調べてくれた。リヒト様の呪いは、そのお顔を見た相手があまりのいたましさに気を失うほどなのだと。

だから決して人前で銀の仮面を外すことがないのだと。

呪いは、かけた相手か、呪いを返すことで解ける。

けれど呪い返しは、両国の話し合いでしないことになっているという。

いっそわたしに返してくれたならよかったのにと思う。

全部、わたしが悪いのだから。

わたしなら顔が醜く爛《ただ》れようとも、何も問題なかった。もともと何の価値もない姫なのだ。

呪いを返してくれたなら、リヒト様は苦しまずに済んだのに。

優しい彼にはきっと、幼かったわたしに呪いを返すことなどできなかったのだろう。

呪いを解きたくて、わたしに与えられた離宮の図書室だけでなく、王宮の図書館にも通った。蔑まれても構わなかった。兄に見つかり殴られても、もうどうでもよかった。

リヒト様にかけてしまった呪いを解きたかった。

けれど故意にかけたわけではない呪いの解き方など、どの書物にも載っていなかった。

オンセルムの伝手で王宮魔導師にも話を聞くことができたが、解呪については首を横に振られてしまった。

わたしは、ただリヒト様を思って顔を隠して過ごすしかできなかった。

◇◇◇◇◇

「リヒト様から、手紙が？」

ヴェール越しに、オンセルムから手渡された手紙を受け取る。

少しだけヴェールをずらしてみれば、確かに封筒にはランドネル王国の刻印が押されている。

リヒト様を呪ってしまってから、十年の月日が経っていた。

姫でありながら公務のできないわたしは、引きこもりの呪い姫と呼ばれている。

そんなわたしに、あのリヒト様から手紙が届くという現実に戸惑いを隠せない。

「ご一緒に見ても？」

「えぇ、お願いするわ。一人では、とても見られそうにないの」

オンセルムの好意に甘えすぎているが、手紙を持つ手が震えているのだ。

そっと、ペーパーナイフで封を切る。

「これは……っ」

読み進めていたオンセルムが口を手で押さえる。

わたしも息を呑んだ。

手紙には、呪いを解く方法がわかったと書かれていたのだ。

それには、わたしの協力が必要だとも。

ずっと、彼の呪いを解きたかった。

罪を償いたかった。

けれどもし、また、呪ってしまったら？

彼以外に呪いが発動したことはない。

それは運がよかっただけで、彼にさらなる悲劇をもたらしてしまったら？

身体が震える。

「姫様、大丈夫ですよ。必ず、呪いは解けます」

後ろから、そっと肩を支えられる。

「オンセルム……」

その手に、わたしの手を添える。

震えが止まらないわたしの手を、両手で彼が包み込む。

「姫様の不安はわかります。けれど、もしも呪いが解けるのなら、僕はそれにかけてみるべきだと思います」

「でも、もしもまた、呪ってしまったら……？　いまだに、どうして呪ってしまったかすらもわからないの。わたしは彼が好きだったわ。呪いなんてかける理由もなかった。なのに、彼は呪われてしまったの」

涙がこみ上げる。

本当に、どうして呪ってしまったのだろう。

「大丈夫です。絶対に、呪いは解けます」

オンセルムの黄緑色の瞳が、強く輝く。その瞳を見れば、本当に呪いが解けると信じられるような気持ちが湧いてきた。

「もしも……もしも、呪いが解けたら、貴方に伝えたいことがあるの……」

「えぇ、大丈夫です。絶対に、呪いは解けます。僕は姫様の大好きなアップルパイを焼いて、待っていますよ」

わたしはランドネル王国へ行く旨を陛下に伝え、返信を書いた。

◇◇◇◇◇

「昔と同じね……」

転移魔法陣で訪れたランドネル王国は、十年前のあの日と同じく美しかった。

色とりどりの花が飾られ、花びらが舞う。

「姫様、お足元に気をつけて」

オンセルムが差し出す手を取りエスコートしてもらう。

呪いを解くには、わたしがリヒト様のそばにいなければならないのだという。

花で埋もれた回廊を一歩ずつ歩くたびに、緊張で胸が痛くなる。

オンセルムは本当ならシロコトン王国で待たなければならなかったのだが、引きこもりの呪い姫と共にランドネル王国に来てくれるような侍女も使用人もいなかった。

『家庭教師ではありますが、姫様の従者でもありますしね』

そういった彼が、本当は国王陛下に直談判して一緒についてきてくれたことを知っている。

それを、とても嬉しく思う。

十年一緒にいるのだ。

ずっとずっと、彼だけがわたしのそばに居続けてくれた。

リヒト様への想いと、オンセルムへの想い。

異なる二つの気持ちを抱きしめ、侍女に案内されながらわたしはリヒト様の待つ部屋に赴く。

オンセルムはここで待たなければいけないようだ。

部屋の中へ入れるのはわたし一人だと。

「一緒に入ることはかないませんか？」

オンセルムがわたしに付き添いたいと申し出る。

中から出てきたランドネル王国の侍女は、わたしと同じアッシュグレイの髪と、榛色の瞳を持っていた。

事前に説明を受けていた通り、やはり部屋の中へはわたししか入れないらしい。

呪いを安全に解くために必要なことなのだと。

ランドネル王国の侍女はオンセルムにどうか待っていてほしいと告げ、わたしだけを中へ促す。

部屋の中に一歩足を踏み入れると、どくりと心臓が跳ねた。

リヒト様がいる。

呪ってしまった証しの漆黒の髪に、銀の仮面をつけたリヒト様が部屋の中央に佇《たたず》んでいる。

昔見た姿とはすっかり変わってしまわれていたけれど、優しい笑みはそのままだった。

感情が一気に溢《あふ》れ出し、止められなかった。

「リヒト様……やはりお噂は、本当だったのですね……？　ずっと、ずっと、お詫《わ》びしたかった！

わたくしのせいで、わたくしが、リヒト様に呪いをっ……っ！」

「トルティレイ姫のせいではないよ。あの時、貴方が故意に私を呪ったわけではないことを、他の誰よりも私自身がよくわかっている」

小さな子供をあやすように、リヒト様が背をポンポンとしてくれると、少しだけ、落ち着いてくる。

どうすれば、呪いを解くことができるのか。

リヒト様は、わたしを想ってくださっていた。

「私に、もう一度機会をもらえないだろうか。貴方を救わせてください」

呪ったわたしを恨むのではなく、それどころか、わたしを救いたいと言ってくださるなんて。

「罪深いわたくしが、救われても良いのですか……？」

「貴方に罪なんてないよ。さぁ、ヴェールを外して、私にその顔を見せて。私も仮面を外すから」

リヒト様に促され、わたしも覚悟を決めてヴェールを外す。

（あぁ……なんて、お美しいの……）

仮面を外したリヒト様のお顔を見て、息を呑む。

その瞬間、わたしの身体の中からぶわりと魔力が膨れ上がった。

わたしの魔力が部屋を突風のように渦巻き、勢いに開け放たれた窓にレースのカーテンが躍り出る。

倒れた花瓶の音が部屋に響き、わたしを絶望の底へと突き落とす。

「そんな、またなの⁈　お願い、止まって！　もう、誰も呪いたくなんてないの！」

必死に身体を抱きしめて魔力を身体の中に押しとどめようとするが、止まらない。

（いや、嫌よ！　リヒト様を呪わないで、呪うならわたし自身を呪って！）

精一杯暴れる魔力を抑え込もうとするが、リヒト様の身体の中からも呪いが溢れだした。

リヒト様とわたしを繋げようとするかのように、氷の花が舞い散る。

「いや、嫌よ！　リヒト様を呪わないで！　わたくしはそんなこと、一度だって望んでない！」

叫んでも氷の花は消えてくれない。

わたしはリヒト様からとにかく離れようと身体をひねった。

その瞬間、控えていたランドネル王国の侍女が叫んだ。

「リヒト様、いまです！」

絶望に染まる世界を切り裂くように、リヒト様に抱きしめられる。

パリパリと音を立てて、氷の花がわたし達を凍らせていく。

まるで二人を決して離さないかのように。

このままリヒト様を巻き添えに凍りつくのかと思えた時。

侍女の手から光が溢れ、わたし達を包み込んだ。

暖かな光はそれ以上わたし達が凍りつくのを防ぎ、そしてパンッと弾けるような破裂音とともに、氷の花が砕け散る。

散った欠片はすべて、わたしの中に吸い込まれていった。

「こ、これは、いったい……」

「呪いが消えたんです」

戸惑うわたしに、侍女が答える。

(呪いが、消えた……?)

わたしの目の前で、優しく微笑むリヒト様の髪は、窓辺から差し込む陽の光でまばゆい金色に輝いている。

「あ、あなたが、解呪を?」

「いいえ、わたしは癒しただけです。呪いは、呪いなんかじゃなかったんです」

「どんな癒やしを施してくれたのか、説明してもらっても?」

リヒト様が侍女を促し、いま起こった出来事を侍女が説明してくれた。

わたしの暴走した魔力がリヒト様の中に入り込み、その影響でリヒト様の髪が黒く染まってしまっていたのだと。

まるで呪いのように見えていたそれは、リヒト様と共にいたいと願ったわたしの想いが、異なる形で表れてしまっていただけなのだと。

「わたくしは、呪ったりしていなかったのね……」

思わず涙ぐんだわたしの背中を、リヒト様は優しくさすってくれた。

「さぁ、お二人の姿を国民に見せてあげてください！」

わたし達を呪いから解放してくれた侍女が、笑顔でバルコニーを指し示す。

リヒト様にエスコートされて、わたしはバルコニーに立つ。

十年前。

わたしはここでリヒト様を呪ってしまった。

魔法の花を舞い散らすことができずに、呪いのように想いを撒き散らしてしまった。

けれど苦い思い出は、キラキラと輝く魔法の花とともに消えていく。

「もう、何も心配しなくていいんだよ」

ぽんぽんと、幼い時にしてたように、リヒト様がわたしの頭を撫でる。

「あ、頭を撫でるなど、わたくしはもう、子供ではありません……っ」

「あぁ、つい癖でね。私にとって、姫はずっと、可愛い妹だから」

言いながら、部屋に目を向けたリヒト様の動きが止まった。

「アリエラ……？」

先ほどまでいたランドネル王国の侍女がいない。

「そんな、いったいどこへ……っ」

走り出しかけたリヒト様は、わたしを振り返って足を止める。

「そのっ……」

すべてを言われる前に、わたしはあの侍女がリヒト様にとってどんな存在なのかわかってしまった。

「えぇ、探してあげてください。大切な方なのでしょう」

「っ、そうだ、私の世界で一番大切な人なんだ」

「幸せになってください」

微笑むわたしに、リヒト様はほっとして今度こそ振り返らずに走り出す。

「……さようなら、初恋の人。どうか、お幸せに」


「姫様っ」

部屋の前で待っていたオンセルムが、青ざめた顔で入ってくる。

リヒト王子が血相を変えて走り去っていったから、わたしにも何かあったのだと思ってしまったらしい。

けれどわたくしを見て、ほっとする。

ヴェールを外したのは、いつぶりだろう。

オンセルムの顔がほころんだ。

「呪いが、解けたのですね」

「えぇ」

「やはり僕の言った通りになりましたね」

「そうね。アップルパイは焼いてもらえる？」

「もちろんです。でもその前に、一つ、お聞きしたいことがあるのです」

「なにかしら？」

「呪いが解けたら、伝えたいことがあるとおっしゃっていましたね。それは、何でしょうか」

真剣な色を帯びた黄緑色の瞳が、真っ直ぐにわたくしを見つめる。

「……知っているのではない？」

「ええ、たぶんそういうことだと思っています。けれど、姫様の口から直接お聞きしたいのです」

「大好きよ、オンセルム」

「知っています」

オンセルムは満面の笑みを浮かべてわたしを抱きしめた。

貴女と過ごす平和な日々を

「狩猟祭に出るのですか？」

素敵な結婚式を終えて早数か月。

リヒト様の言葉に、わたしは首を傾げる。

狩猟祭自体は何も疑問のないお祭りだ。

毎年、冬の間に行われる祭りで、雪が降り積もる前に開催されることが多い。

今年は例年よりも暖かかったから、あと二か月ぐらいは雪も降らないのではないだろうか。

「アリエラは狩猟祭に出たことはないよね」

「えぇ、いつも治療院に勤めていましたから」

花祭でもそうだが、狩猟祭でも怪我人は出る。

貴族と違い、平民には治癒術師が側について治療を行うことはまずない。

だというのに、毎年一人二人無理をして分不相応な大物を狙ってしまい、大怪我《おおけが》をする者が出る。

大怪我まではいかなくとも、怪我人が増えるのは確かで、治療院にとっては混雑する時期だ。

「今年は治療院へは行かないよね？　だから、もしアリエラが嫌でなかったら、私と一緒に狩猟祭に出てもらいたいのだけど」

リヒト様は笑顔でおっしゃるけれど、わたしは焦ってしまう。

だって、没落聖女なのだ。

聖女の血筋でありながら、初級の治癒魔法しか使えないからそう蔑《さげす》まれるわけで、狩猟祭のパートナーなど、とてもではないが務められるとは思えない。

平民と違い、貴族が狩るのは主に魔獣だ。

普通の兎に角が生えた程度の一角兎や、翼の生えた羽鼠《はねずみ》程度ならいい。懐かせれば愛玩動物になるほどに弱く、小型で性格も穏やかだ。

けれど熊型の魔獣や馬型の魔獣となると、強さの桁《けた》が段違いになる。

特に豪雪を運んでくると言われている白狼王は、騎士団が雪が降り出す頃に討伐隊として森へ向かうほどだ。

雪が降る前の狩猟祭で白狼王が現れることはまずないが、絶対ではない。

万が一遭遇してしまった時、優秀な治癒術師がいるのといないのとでは、生存率に大きくかかわる。

「一番の獲物をとって、君に捧げたい」

リヒト様に微笑みながら言われてしまうと、断るという選択肢が心の隅っこに行ってしまう。

わたしだって、リヒト様のかっこいい狩猟姿を見てみたいのだ。

狩猟祭よりも、目当てはむしろリヒト様だと言ってもいい。

「絶対に、無理はしないでいただけるなら」

そう言うと少しだけ拗《す》ねてしまわれたけれど、最終的には頷いてくれたから、わたしはリヒト様と一緒に狩猟祭へ赴くことになった。

◇◇◇◇◇◇

狩猟祭当日。

リヒト様にエスコートされて馬車から降りたわたしは、思ったよりも冷たい風に思わず身をすくめる。狩猟祭の狩場となる森の目の前だ。

リヒト様とお揃いの狩猟服は厚手の革製で、風はあまり通さないのだが、コートを羽織った方がいいかもしれない。

「思ったよりも寒いですね」

空にはうっすらと雲がかかり、太陽の光を遮《さえぎ》っているからだろうか。

ここ一番の冷え込みだ。

そんなわたしを見て、リヒト様は指をぱちりと鳴らした。

次の瞬間、わたしの周りに小さな光の粒が舞い、春の陽だまりの中にいるような暖かさが身を包んだ。リヒト様の光魔法だ。

「これでどうかな」

「とても暖かいです。ありがとうございます」

仮面をつけていらした頃にはあまり見られなかったリヒト様の魔法だが、結婚式のあとからはよく使うようになった。

なんでも、呪いが反応する可能性をできるだけ少なくするために、他属性の魔法は使っても光魔法を避けていらしたのだとか。

なんとなくだけれど、呪いと光魔法は相性が悪そうだ。

（それにしても……）

ちらりとリヒト様を見る。

狩猟服に身を包んだリヒト様は、想像以上に素敵だ。

貴族は狩猟服にも豪勢な飾りをつけることを好むのだが、リヒト様の狩猟服はとても機能的だ。派手すぎない必要最低限の飾りが、豪華な装飾よりもかえってリヒト様の魅力を引き立てている。

ちらちらと貴族令嬢たちの視線を感じるのは、気のせいではないだろう。

銀の仮面を外したリヒト様は、とても美しい方だから。

狩猟祭には、多くの貴族令嬢達も参加している。

煌びやかなドレスをまとっているのは、狩りをするのではなく、狩猟祭で狩られた獲物を受け取るためだ。

婚約者がいるものは婚約者から、そうでない令嬢は、獲物を捧げてくれた方と婚約を結ぶこともある。特に下位貴族の次男三男は継ぐ家がないため長男に比べて婚約がしにくく、この機会に目当てのご令嬢に自分で狩った獲物を捧げて告白するものも多い。

大型の獲物でなくとも、可愛らしい一角兎などは生きたまま捕らえて捧げるのも人気だ。

だから、見目麗しいリヒト様が既《すで》に結婚しているとはいえ、隣にいるのが冴《さ》えないわたしでは、未婚の貴族令嬢達の冷ややかな目は避けられない。

——……没落聖女

どこからか小さくそんな呟きが聞こえてきた。

リヒト様の耳にも届いてしまったようで、青い瞳を鋭く細めた。

そんなリヒト様の手を、わたしはぎゅっと握る。

「アリエラ?」

驚いたようにわたしを見るけれど、首を振る。

大丈夫。

わたしは気にしていない。

言われ慣れていることもそうだけれど、わたしにはリヒト様がいてくれる。

にこりと微笑めば、リヒト様も目元を和らげた。

「私は、誰にもアリエラを侮辱されたくないのだけれどね」

「リヒト様がわたしを想ってくださっているのなら、それでいいんです。こうしてお揃いの狩猟服を着ていることも、とても嬉しいんですよ?」

装飾は多くはなくとも、二人並べばそろえてあつらえたものだとすぐにわかる。

違いはボトムで、わたしの方は革製のベストの下にワンピースを着ており、スカートの前部分は短めに、後ろは長めになっている。

動きやすいながらも女性らしい雰囲気のものを、とリヒト様が仕立ててくださったのだ。これほど嬉しいことはない。

他愛もない話をしていると、陛下が用意された壇上に上がり、開会式の挨拶と注意を述べる。

森の奥へは行きすぎないこと、一人では行動しないこと、必ず治癒術師を一人連れていくこと。

簡単なようで、実は難しい約束事らしい。

特に森の奥へ行く貴族の子息は毎年後を絶たないのだとか。

「……行ったり、しませんよね?」

ちょっとリヒト様に小声で尋ねれば、当然とばかりに頷かれた。ほっとする。

リヒト様は久しぶりの狩猟祭だと言っていたけれど、その足取りはとても軽やかだ。

「ほら、一匹捕まえた」

「わ、羽鼠！　こんなに小さい子もいるのですね」

リヒト様が小さな魔法を放って、羽鼠を捕まえてくれた。

真っ白いふわふわの羽を背に持つ鼠は、わたしの手の平よりも小さい。愛らしくとも魔物の一種である羽鼠は、成獣は兎と変わらないぐらい大きいのだ。

ちぅ、ちぅっと鳴く声も愛らしい。すりすりと頭を手の平にこすりつけてくるのは、愛情表現だろうか。

「気に入ってもらえたみたいだね」

「はい、とっても！　あ、肩に乗ってくれました。ここなら潰してしまうこともなくて安全ですね」

小さいからとバッグに入れたら押しつぶしてしまいそうだし、ずっと手の平に包んでいるわけにもいかないから、肩にいてくれるなら丁度いい。

「リヒト様は、どんな獲物を狙っているのですか」

森の奥ではなく、狩猟祭の範囲内だとするならば、どんな魔獣だろう。

「それは、仕留めてからのお楽しみかな。そろそろ会えると思うしね」

リヒト様は森の木々から落ちた色鮮やかな落ち葉を拾い、そんなことを言う。

（葉が関係あるのかしら）

狩猟祭では主に魔獣と言われていても、獣であるとは限らない。

木の魔物だっていることはいるのだ。ただ常に眠っていて、普通の木とほぼ変わらず無害なので狩られることはまずないけれど。

さくさくと落ち葉を踏みしめる音が響く。

狩猟とはいっても森の奥にさえ行かなければ安全なせいか、あまり緊張しない。

それどころか、リヒト様とお散歩しているようで浮かれてしまうのは、わたしが能天気すぎるだろうか。

「ピクニックみたいだね」

「え、リヒト様？」

「ほら、寒さはあるけれど、この辺りは魔獣も弱くて安全だからね。つい、気が緩みそうになる」

リヒト様は苦笑するけれど、わたしも気持ちは同じだった。

――そんなふうに、楽しく過ごしてしまったせいだろうか。

不意に、耳に飛び込んできた悲鳴にびくりと肩が跳ねる。

「あちらからだ！」

リヒト様がわたしの手を引いて走る。

ブーツの足が一瞬もつれかけたが、わたしの周囲をきらきらと回る光の粒が足を包んですぐに体勢を直してくれた。

（っ、このリヒト様の魔法は暖かくするだけじゃなくて、わたしを守ってくださっている⁉）

それだけじゃない、おそらく身体を強化してくれている。

だってリヒト様が悲鳴に向かって走っているのに、手を引かれているわたしは少しも後れを取っていない。治療院で働いていたから体力には自信があるが、こんなにも早く走れたのは初めてだ。

再度悲鳴が響いた。

「まずい、まさか森の奥へ行ったのか」

リヒト様が立ち止まる。

その青い瞳は森の奥へと真っ直ぐに注がれている。

一瞬、わたしを見て、首を振る。

「森の奥は危険だ。待機している騎士団へ連絡を入れよう」

森の外では有事の際にすぐに動けるように王宮騎士団が控えている。

けれど彼らがここに来るまでに、悲鳴の主は果たして無事でいられるのか。

リヒト様が救援魔法を頭上に放つ。

花火のように上空に打ちあがったそれは、赤い火花を散らす。

これで、場所は王宮騎士団たちに伝わっただろう。

「行きましょう、リヒト様」

わたしはリヒト様の手を取り、森の奥を指さす。

「アリエラ？　何を言っているんだ。ここで救助を」

「駄目です。それでは間に合わないかもしれないじゃないですか。リヒト様だって、本当はすぐにでも駆け付けたいのでしょう？」

わたしの言葉に、リヒト様は青い瞳を大きく見開いた。

「だが……」

「わかっています。わたしを置いていけないからでしょう」

ここは森の奥ではないとはいえ、もう目と鼻の先だ。どんな魔獣が現れるかわからない。そんな場所にわたしを残して救助へ向かうなど、わたしを大切に思ってくださるリヒト様ができるはずもない。

「だからといって、アリエラを森の奥へ連れていくわけにはいかないんだ。アリエラ一人なら守り切って見せるさ。だが……」

リヒト様は辛そうに顔を歪める。

そう、リヒト様なら必ずわたしを守ってくれる。

わたしを、最優先で守ってくれることだろう。それはつまり、もし悲鳴の主とわたしの両方が危険なら、迷わず彼はわたしを守ってくれるということ。

わたしの目の前で、誰かが犠牲になる可能性があるということ。

けれどわたしは没落聖女とはいえ治癒魔法が扱える。初級程度の治癒魔法だって、時間稼ぎ程度にはなるはずだ。

「連れて行ってください。今ここで行かなかったら、きっと、一生後悔します」

じっと、リヒト様を見つめる。

リヒト様は軽くため息をついて頷いた。

「……わかった。けれど絶対に、私から離れないでくれ」

「わかりました……って、リヒト様!?」

頷いた途端にリヒト様に抱きかかえられた。思わずぎゅっと首元にしがみつく。

「この方が早い」

自分自身に身体強化魔法をかけたリヒト様は、わたしを抱きかかえているとは思えないほどに速い。

鬱蒼と茂る森の木々の中を迷うことなく突き進むリヒト様は風のようだ。

悲鳴と何か言い争う声が聞こえてくる。


――あんたのせいよ、あんたが森の奥へ行こうなんて言うから！

――そんな、リザリエンナ様っ。


（え、リザリエンナ様がこの先にいるの？）

リザリエンナ・バルトラ侯爵令嬢。

王城でリヒト様の怒りに触れた彼女がなぜ今ここにいるのか。

声にどんどん近づいていくと、見えた。

森の開けた場所で、リザリエンナ様と侍女らしき女性数名が必死に戦っている。

侍女が結界を張っているのだろう、激しい水しぶきがリザリエンナ様に届く前に弾き飛ばされている。けれどそのせいで水の膜の向こうにいる魔獣の姿がこちらからは見えない。

「何をやっているんだ、あいつらは……！」

リヒト様の声が怒気をはらむ。

それほどに危険な魔獣なのだろうか。

わたしを抱きかかえたまま、リヒト様は跳躍し、今にも倒れそうな侍女の結界を魔法で補強する。

そのお陰で、今まで見えなかった敵の姿が見えた。

筋骨隆々な男性を思わせる、けれど水でできた身体——水の精霊だ。

本来襲ってくることなどない穏やかな気性の水の精霊が、憤怒の表情で水魔法を繰り出し続けている。

「っ、リヒト様！　それにアリエラ!?　なんで貴方なんかがここにいるのよ！」

リヒト様の登場で安心したのか、それとも今の現状を忘れるぐらいにわたしのことがお嫌いなのか。きっと両方だろう。

「今はそんなことを言っている場合ではないでしょう？　いったい、何をして水の精霊を怒らせたのですか！」

水の精霊の怒りを鎮めなければ、水は汚れ淀み腐り、わたし達はこの地で暮らしていけなくなる。

「何もしてないわっ。いきなり襲ってきたのよ！」

「リザリエンナ・バルトラ侯爵令嬢。正直に言え。言わないなら、その首を刎《は》ねる」

「ひっ」

リヒト様の怒りも顕《あら》わな言葉に、リザリエンナ様は凍り付く。

「ほ、ほんとうに、お嬢様はまだ何もしておりません！」

侍女がリザリエンナの代わりに答えるが、とてもそうは見えない。

水の精霊は明らかにリザリエンナ様を敵視している。

けれど怯えて青ざめるリザリエンナ様に、嘘をつく余裕があるようにも見えない。

（……？）

なんだろう。

リザリエンナ様の中に違和感がある。

彼女の身体の中から、異質な魔力を感じるのだ。

リザリエンナ様の魔力とは異なる、橙色の淡い魔力だ。

「まさか……精霊の魔力を取り込みました？」

「貴方なぜそんなことがわかるのよっ」

「アリエラの質問に答えろ」

「わ、わかりましたっ。ええ、取り込んだわ、多分そうなんだとは思うわ。わたくしの魔力が一気に増えたもの。でも故意じゃなかった！　庭先に土の精霊がいたのよ、珍しいと思って拾い上げて、あまりにも可愛らしかったから抱きしめたら消えてしまったのよ。水の精霊には本当に何もしていませんわっ」

ぼろぼろと泣き出したリザリエンナ様の言葉は本物だろう。

なぜ取り込むことになってしまったのかもわからないが、水の精霊がこれほどに怒っている原因がそのことであるなら、どうにか取り込んだ魔力を切り離せないだろうか。

（……魔力が入り込んでしまっているだけなら、わたしの治癒魔法で治療できないかしら）

トルティレイ姫とリヒト様の時と同じように。

リヒト様の身体の中に入ってしまっていたトルティレイ姫の魔力は氷を主体としていたからか、白い魔力だった。あの時はリヒト様の金色の魔力と間違わないように白い魔力だけを身体の外に押し出した。

それと同じ要領で、リザリエンナ様の身体に取り込まれてしまった土の精霊の魔力だけを取り出せないだろうか。

「リザリエンナ様にご協力をお願いしたいのです。どうかわたしを信じて、治療を受けてほしいのです」

「あ、貴方、こんな時に何を言っているのよ。わたくしの何を治すというの？　それに貴方は没落……大した治癒魔法も使えないのでしょう！」

没落聖女と口にしかけて言いなおすリザリエンナ様は、本当にリヒト様が恐ろしいらしい。

彼女に背を向け、正面の水の精霊の攻撃を結界で防いでくれているのは彼なのだから、すぐにどうこうできるはずもないのにちらちらとリヒト様を窺っている。

けれどこれはある意味、好都合だ。

リヒト様が頷いて、リザリエンナ様に命令する。

「アリエラに従え。これは命令だ」

「うっ……わ、わかりましたわ……」

渋々と、リザリエンナ様がわたしに近づく。

「チチチッ、チッチチッチ！」

肩に乗せていた羽鼠がリザリエンナ様を威嚇《いかく》する。

やはり今のリザリエンナ様は魔獣や精霊を刺激してしまう状態にあるようだ。

リザリエンナ様のそっと手を取ると、びくりと肩が跳ねた。

その手は小刻みに震えている。

（恐ろしかったでしょうね……）

今もなお水の精霊は攻撃を繰り出してきている。結界を叩く激しい水音は響き続けているのだ。早く治療しなくては。

わたしはじっくりとリザリエンナ様を診る。

橙色の魔力は今にも消えてしまいそうなほどに脆い。強引に押し出すと潰れて消えてしまいそうだ。

わたしの魔力をそっとリザリエンナ様の中に流し、土の精霊の欠片と思われる魔力を包み込む。

そうっと、そうっと。

押し出すのではなく、わたしの手元に引き寄せるように魔力を操る。

わたしの魔力に包まれている橙色の魔力は、リザリエンナ様の魔力に潰されることなくその指先からわたしの手の平の上にそっと出てくる。

消えてしまいそうなその魔力はそれでもまだそこに存在していて、寒さに震えているように感じられた。だからわたしは治癒魔法を施した。両手で包み、温めてあげるように。

「あ、貴方何してるのよ、手の中には何もないのに……」

青ざめたままわたしを見つめるリザリエンナ様は、何かありえないものを見るような目つきだ。

何もない？

今ここで、こんなにも震えている魔力の欠片《かけら》があるのに？

不審に思うけれど、それよりも土の精霊を助けたい。

わたしはより一層治れと強く祈った。

土の精霊はわたしの魔力に包まれ、徐々にその姿を確かなものにしていく。

この土の精霊はころんとしていて確かに愛らしい。頭のてっぺんに小さな双葉があり、リボンのようにも見える。

リザリエンナ様が思わず拾い上げてしまったのも無理はない。

「え、土の精霊が現れた？　どういうことですの！」

「治療しました。リザリエンナ様の身体に取り込まれてしまった土の精霊を取り戻したのです」

話しながらもわたしは土の精霊にどんどん魔力を与える。

するとどうだろう。

ぴょんぴょんとわたしの手の平の上で飛び跳ねることができるぐらいに元気になった。

『にっ、にっ、に――――っ』

土の精霊が鳴くと、水の精霊の攻撃が収まった。

結界の向こう側にいる水の精霊は、まだ警戒しているもののその表情はどこかほっとしている。

そしていつからいたのだろう。

筋肉質な男性を思わせる水の精霊の後ろから、小さな水の精霊がひょっこり顔を出した。

水の精霊の子供なのだろうか。

水でできた身体はそのままに、三歳ぐらいの人間の女の子の姿だ。

土の精霊を見つけると、『ぴゃっ♪』と可愛らしい鳴き声を上げた。

「友達が連れ去られたと思ったのか……？」

リヒト様が冷や汗を拭いながら呟く。

「あっ！」

ぴょ――――んっ。

土の精霊がわたしの手から飛び出し、結界を無視して水の精霊の女の子に飛びついた。

水の精霊の女の子は、嬉しそうに土の精霊を抱きかかえる。

筋肉質な男性を思わせる水の精霊が二人を抱きかかえ、その場を去っていく。

表情はとても穏やかで、水の精霊の怒りは静まったようだ。

「た、助かったのねっ」

リザリエンナ様と侍女たちがわっと泣き出して互いに身を寄せ合った。

「安心するのはまだ早いな。ほら、騎士団が迎えに来た。なぜこんな場所にいたのか、問い詰められるといい」

リヒト様が先ほど上げた救援信号を見て駆けつけてくれた騎士団は、リヒト様から事情を聞き、即座にリザリエンナ様達を捕縛した。

「ま、まって、わたくしは侯爵令嬢よ？　不当だわ！」

死の恐怖から立ち直ったらしいリザリエンナ様は無意味に抵抗していたが、やがて諦めて騎士団たちに従った。

（土の精霊のことは不可抗力かもしれないけれど、森の奥に来てしまったことは事実ですしね）

事情を聞かれたとき、侍女はこう言ったのだ。『まだ』何もしていないと。

ならば本来はこれから何かをするはずだったのだろう。ドレス姿ではなかった彼女の格好から察するに、大きな魔獣を仕留めに奥まで入っていったのか。

禁じられている森の奥に入ったのだ。相応の罰が下されるだろう。

――――ひらりと、視界の隅を何かが舞った。

蝶だ。

大小さまざまな大きさの水色の蝶が、いつの間にか周囲に何匹も集まってきていた。

「あぁ、丁度いい」

リヒト様が微笑み、周囲を舞っていた蝶を光魔法で貫いた。

一瞬の出来事に目を見開く。

「リヒト様？」

「こいつらはね、魔蝶なんだ。ほら、足元に魔石が転がっている」

ただの蝶にしか見えなかったそれは、確かに魔蝶なのだろう。普通の獣は魔石など持たないから。

足元に落ちた魔石を拾ってみる。

（あら？　この魔石……）

「気が付いた？　この魔蝶は魔石が蝶の形をしているんだ」

親指の先ほどの大きさの魔石は、魔石独特の煌めきと、蝶々型の愛らしさを併せ持って感じられた。

「これをアリエラに贈るよ」

わたしが持つ小さな魔石とは比べ物にならないほど大きな魔石を、リヒト様は差し出す。

こんな大きな魔石は、とても高価だ。

しかも美しい蝶々型。

「こんなすごい魔石をいただくわけには……」

「言っただろう？　一番の獲物を君に捧げたいと」

狩猟祭に来る前に確かにそう言われた。

「森の奥へは行かないと約束してくれていましたよね」

「緊急事態だったからね」

ちょっとだけ目をそらしたのはきっと気のせいじゃない。

「リヒト様。もしかしてやはり最初から森の奥へ……」

「そ、そんなことより、私達も早く戻ろう。ここは森の奥だからね」

むぅ……。

確かにいつまでもいていい場所じゃない。

そして魔石は素直に嬉しい。

こんなに可愛らしい形の魔石を見たことが無かった。大型魔獣のような大物ではなく、魔蝶は、狩猟祭の中では小物として扱われるかもしれない。

けれどわたしにとっては一番の宝物だ。

◇◇◇◇◇◇

「えっ、リザリエンナ様は白狼王を狩る気でいたのですか？」

狩猟祭から早数日。

リヒト様は庭で紅茶を飲んでいたわたしにとんでもない情報をもたらした。

落としかけたティーカップをそっと下ろす。

「私はあまり意外でもなかったけれどね」

わたしの前の席に座り、リヒト様は肩をすくめる。

「なぜそんな無謀なことを……」

万が一白狼王が出たら、王宮騎士団が総出で討伐するようなS級クラスの魔物なのだ。

少し魔術が扱える程度の貴族令嬢に倒せるようなものではない。

「名誉を回復したかったようだけれど、より一層彼女の評価は下がったね」

以前リヒト様の怒りに触れた彼女は、家でも社交界でも居場所がなくなってしまっていたらしい。

そんな時に土の精霊の魔力を吸収してしまい、魔力が急激に伸びた彼女は無謀にも白狼王を倒そうと思ってしまったのだろう。

(本当に、ご無事でよかったですけれど)

一歩間違えば死ぬところだったのだ。

彼女には嫌な思い出しかないけれど、死んでほしいなどとは思わない。

「ところで、どうしてアリエラはバルトラ侯爵令嬢の中に土の精霊が入っているとわかったんだい?」

「リザリエンナ様の中に、彼女の魔力とは違う色があったからです。リヒト様も見たでしょう? 橙《だいだい》色の小さな魔力を」

「……アリエラは、魔力の違いが色で見分けられると?」

リヒト様が驚いたように目を見開く。

そんな驚くようなことを何かわたしは言っただろうか。

「ええ、いつも見ようと思えば見えますが……もしかして、普通は見えないのですか？」

「そうだね、魔力に色がつくのは、魔法の花などを作り上げた時や、意識して色をつけた時だ。それも属性の色がつく。属性でもなんでもなく個々の持つ魔力の色を見分けることは普通はできない」

リヒト様がとても真剣に言うので、おそらくこの事は本当に特別なのだろう。けれどわたしは物心つく頃には魔力を色で見分けていた。特別だと言われても実感がわかない。

わたしにとっては当たり前のこと過ぎて、特に口にすることもなかった。

「聖女の血筋だからなのかもしれないね」

「うーん、どうせなら、初代聖女様のように偉大な治癒魔法を使えたほうがよかったです」

呪いも解いてしまった初代聖女に比べ、人の魔力に色がついて見えるだけというのは、なんとも使い勝手の悪い能力ではなかろうか。

「でもそのお陰で、バルトラ侯爵令嬢の異変を見抜けたのだから、感謝しかない。水の精霊を怒らせれば、国が滅びかねないからね」

そう言われれば確かにそう。

(ああ、でも、だからだったのね)

ふと思っていた疑問が解けた。

それはリヒト様の呪いだ。

正確にはトルティレイ姫の魔力が残ってしまっていただけで、呪いなどではなかったのだが、なぜ呪いと思われてしまったのか。

他の人はリヒト様の魔力の色と、トルティレイ姫の魔力の色を見分けられなかったのなら頷ける。

(リヒト様の中に別の魔力があるということが見えないのなら、呪いというよくわからないものにしか思えないものね)

もしかしたら、今まで呪いだと思われていたものの中にも、同じような現象があるのかもしれない。

「そういえば、この間贈った魔石は、髪留めにしてくれたんだね」

わたしの髪を見て、リヒト様が嬉しそうに目を細める。

蝶の形をした魔石だったから、その形を生かして加工してもらった。

最初は部屋に飾っておいたのだけれど、それを見たファレドが言ったのだ。「髪留めにしたら綺麗ですよね」と。

確かにと思った。

加工業者などわからなかったからセバスチャンにお願いして探してもらい、本日届いたのがこの髪留めだ。

「とても似合ってる」

リヒト様が手を伸ばし、わたしの髪に触れる。

それだけで、どきりと心臓が跳《は》ねた。

青い瞳に見つめられると、どきどきしてしまう。

きっとわたしは、ずっとリヒト様を好きでいるのだろう。

fin

あとがき

初めまして。もしくはこんにちは。

霜月零《しもづきれい》です。

霜月は、『しもづき』と濁らせて読んでくださいね？

この度は『「君を愛することはない」と旦那様に言われましたが、没落聖女なので当然ですよね』を手に取って下さって、ありがとうございます。

こちらのお話は、『小説家になろう』様にて連載させて頂いたお話の書籍化となります。

二万文字程度の短いお話であったにもかかわらず、書籍化のお話を頂けたのは、読んで、評価して下さった小説家になろう様での読者様のおかげです。ありがとうございます。

小説家になろう様では二万文字程度の短編でしたが、書籍化の際に約八万文字ほど書き下ろしさせて頂きました。

短編では書ききれなかったアリエラとリヒト様のあれこれや、ラブラブシーンが増し増しになっております。短編後の物語も執筆させて頂きました。

小説家になろう様で読んでくださった方にも、そして初めて書店でこのお話を知り手に取ってくださった方にも、二人の幸せをぜひ一緒に楽しんで頂ければと思います。

そうそう、短編のほうで気にかけてくださった読者様もいらしたのですが、トルティレイ姫のお話も書かせて頂きました。

大切な人を呪ってしまった彼女の物語がどんな結末になっているのかは、あとがきから先に読む方もいらっしゃるのでここでは書きません。すでに読んでくださった方には、楽しんで頂けていたらいいな、と思います。


そして、ここから先は各種お礼の言葉を。

書籍化の声をかけてくださった、笠倉出版社の担当編集様。

いつも丁寧にご対応くださり、ありがとうございます。担当T様がお声をかけてくださったとき、読んだ感想をつけて頂けたのがとても嬉しかったです。

また、イラストを担当してくださった秋鹿《あいか》ユギリ先生。

あとがきを書いている今、既にわたしの手元には美麗な表紙イラストと、魅力的なモノクロイラストの数々が届いております。どちらも素敵なのですが、特に表紙イラスト！

仮面を外したリヒト様の格好良さはもちろんのこと、アリエラも美人ですよね。榛色の瞳も美しく、魔法の花が散る背景も、大好きです。ありがとうございました。

最後に。

願わくばまた、次のお話でも出会えることを願って……読んでくださった皆様、本当にありがとうございました！

Niμ NOVELS

好評発売中

加護なし聖女は冷酷公爵様に愛される
～優しさに触れて世界で唯一の加護が開花するなんて聞いてません！～

櫻田りん

イラスト：萩原凛

本当に嫌なら言霊の加護《ギフト》を使うといい使わないなら――キスするぞ

聖女の紋章を持ちながら、加護が一向に目覚めないレイミア。

ある日、大聖女から加護なしであることを隠して、半魔公爵へ嫁ぐよう命じられる。

辺境の地に蔓延る魔物退治のため、聖女の力が必要らしい。

冷酷とも言われる公爵・ヒュースの元へ向かう途中、
魔物に襲われると助けてくれたのは、その彼――！？

けれど日々の魔物退治で消耗し、毒に当てられた彼は弱っていた。

二人で助かるため、魔物に立ち向かったレイミアは身体から力が湧いてくることに気がついて……？

一目惚れ溺愛公爵×加護・言霊の天然聖女。すれ違いラブコメの行方は！？

ファンレターはこちらの宛先までお送りください。

〒110-0015　東京都台東区東上野2-8-7
笠倉出版社　Niμ編集部

霜月零 先生／秋鹿ユギリ 先生

「君を愛することはない」と旦那さまに言われましたが、没落聖女なので当然ですよね。

2024年6月1日　初版第1刷発行

著　者
霜月零

発 行 者
笠倉伸夫

発 行 所
株式会社　笠倉出版社
〒110-0015　東京都台東区東上野2-8-7
[営業]TEL　0120-984-164
[編集]TEL　03-4355-1103

印 刷
株式会社　光邦

装 丁
AFTERGLOW

Niμ公式サイト　https://niu-kasakura.com/

ISBN　978-4-7730-6438-4
Printed in Japan